KB114564

이모탈 퓨전 판타지 소설
**FUSION FANTASTIC STORY**

# 워리어

*Warrior*

# 워리어 11

## 이모탈 퓨전 판타지 소설

초판 1쇄 찍은 날 § 2015년 7월 22일
초판 1쇄 펴낸 날 § 2015년 7월 29일

지은이 § 이모탈
펴낸이 § 서경석

편집책임 § 김현미

펴낸곳 § 도서출판 청어람
등록번호 § 제387-1999-000006호
등록일자 § 1999. 5. 31
어람번호 § 제1-2183호

주소 § 경기도 부천시 원미구 부일로 483번길 40 서경B/D 3F (우) 420-822
전화 § 032-656-4452   팩스 § 032-656-4453
http://www.chungeoram.net
E-mail § chungeorambook@daum.net

ISBN 979-11-04-90327-4 04810
ISBN 979-11-316-9239-4 (세트)

이모탈 퓨전 판타지 소설

FUSION FANTASTIC STORY

11

Warrior
워리어

# CONTENTS

# 제1장

마샬 국왕

*Warrior*

"지금 뭐라고 했는가?"

"…엘레크 평원이 점령당했습니다."

"그것이… 말이 된다고 생각하나?"

"…죄송합니다."

믿을 수 없다는 표정으로 묻는 마샬 국왕의 말에 루카스 백작과 로마노프 백작은 안색을 딱딱하게 굳히며 죄송하다고 말할 수밖에 없었다. 엘레크 평원은 북 카테인 왕국의 곡창지대나 다름없었기 때문이다.

그렇기 때문에 엘레크 평원에는 많은 귀족이 존재했고, 넓은 평원을 감시하고, 많은 영지민을 다스리기 위해 영지군 또한 상당수 주둔해 있었다. 그런데 개전한 지 얼마나 지났다고 벌써 카테인 왕국의 곡창지대인 엘레크 평원이 점령당했단 말인가?

"다른 전선은, 다른 전선은 어떻게 되었나?"

"여전히 전선의 확대는 없고 고착 상태입니다."

"예상외로군."

전선이 넓어지면 넓어질수록 북 카테인 왕국이 유리했다. 병력이 거의 몇 배 이상 많으니까. 하지만 전선은 넓어지지 않고 있었다. 왜냐하면 남 카테인 왕국측에서 자신의 모든 주민을 소개한 후 성안으로 들였기 때문이다.

거기엔 백성만 해당되는 것은 아니었다. 우물은 흙을 부어 메웠고, 그것이 여의치 않으면 독을 풀었다. 가옥을 비롯해 보이는 건축물은 모두 부숴 그 어떤 것도 피할 수 없게 만들었다.

그리고 작물은 모두 뿌리까지 죽였고, 가축은 새끼 한 마리도 남기지 않았다. 식량은 물론이고 피신처마저 찾을 수 없다. 오로지 보급된 물자로만 전투를 수행해야 한다. 하지만 전투는 단 한 번도 없었다.

가도 가도 아무것도 보이지 않았다. 있는 것이라고는 폐허가 된 마을뿐이었다. 그리고 새로 축성된 듯 단단해 보이는 석성이 보였다. 석성을 돌아갈 수도 없었다. 일반적인 성과는 상당히 달랐기 때문이다.

해자는 물론이고 성의 둘레 역시 상당해 그 많은 영지민을 한데 수용하기에 충분해 보일 정도로 거대하고 높았다. 그저 보기만 해도 질릴 정도였다. 화살을 쏘고, 공성 장비로 돌덩어리와 바윗덩어리를 날렸다.

하나 거대한 성내에서는 어떤 반응도 보이지 않았다. 하물며 화살도 쏘지 않았다. 그렇다고 돌아갈 수도 없었다. 그 거대한 석성과 불과 5킬로미터밖에 떨어지지 않은 빤히 보이는 곳에 높다랗게 급조된 토성이 존재했기 때문이다.

급조된 토성이라고 해도 높이가 거의 10미터 이상이었고, 토성의 상부에는 또 그 길이만큼의 나무를 뾰족하게 깎은 목책이 있었고, 그 목책 위에서는 사방을 감시하고 있었다.

그러니 전진하지도 후퇴하지도 못했다.

그들은 그대로 돈좌한 것이다. 그러한 현상은 비단 이곳뿐만이 아니었다. 기세 좋게 남 카테인 왕국을 향해 진군해 들어간 모든 부대가 직면한 현상이었다.

"크음, 한 방 맞았군."

"……."

마샬 국왕의 말에 두 백작은 말이 없었다. 하지만 두 백작의 표정은 조금 달랐다. 물론 현 상황에 대해 근심 어린 표정은 분명했지만 그 근심 어린 표정에 차이가 있었다.

로마노프 백작은 진실로 현 상황에 대한 책임을 통감하는 듯한 표정이고, 루카스 백작은 그런 와중에도 알 듯 모를 듯 비웃음 비슷한 표정을 짓고 있었다.

그러한 루카스 백작을 살짝 쏘아본 후 마샬 국왕이 다시 입을 열었다.

"결국 전력을 엘레크 평원과 경계 지점인 코스발트로 집중시켜야 한다는 것인가?"

"그보다는 양면으로 공격하는 것이 어떨까 합니다."

"양면?"

"중앙군을 움직여 코스발트에 강력한 방어 축을 형성하고 예비로 편성한 부대로 적의 이목을 끄는 동안 남부군과의 전선에 투입된 병력을 적의 후방으로 이동시켜 역습을 하는 것입니다."

"흐음."

로마노프 백작의 제안에 마샬 국왕이 생각에 잠겼다. 확실히 일리가 있는 말이었다. 남부군의 작전 체계를 들여다보면 엘레크 평원 쪽을 제외하고는 이렇다 할 반응이 없었다. 그저 현 상황을 지켜내자는 고수 방어 전략이었다.

그러한 저들의 책략에서 도출해 낼 수 있는 것은 바로,

'병력의 수가 모자란다는 것이겠지.'

그랬다.

마샬 국왕이 파악하기로 남부군의 병력은 자신이 가진 병력의 4분의 1에 지나지 않았다. 물론 마스터의 반열에 오른 에라크루네스 공작과 그를 따르는 악몽의 기사단이 전멸당하기는 했지만 한 손으로 열 손을 감당해 낼 수는 없는 법이다.

전투에 있어서 그들이 우세를 점할 수 있을지는 몰라도 전쟁에서는 절대 자신을 넘어설 수 없다는 것을 적은 알고 있는 것이다. 그래서 한 방면을 중점적으로 공략한 것이다.

'그렇다고 해도 엘레크 평원이라니…….'

그것은 참으로 의외였다. 그들이 병력적인 약세를 뒤집기 위해서는 무언가 특출한 작전이 필요할 것이라 생각하기는 했다. 하지만 그 특별한 작전이 결코 엘레크 평원을 공략하는 것일 줄은 몰랐다.

'그래, 그 정도는 되어야 내 상대가 되지.'

그러함에도 불구하고 마샬 국왕은 호승심이 일었다. 자신의 상대라면 이 정도는 되어야 했다. 상대의 허를 찌를 줄 알아야 했다. 때문에 이제야 자신의 진정한 적수를 만났다는 생각이 들었다.

물론 본국 내에서 벌어지는 후계에 대한 암투도 상당히 복잡한 지경이지만 그것과 이것은 조금 다르게 다가오고 있었다.

'이것이야말로 진정한 사내들의 겨룸이지.'

그런 마초적인 생각에 심장 박동이 빨라졌다.

"후방 역습 부대를 이끌 자로는 누가 좋을 것 같은가?"

"아무래도 그만한 담대함을 지닌 스테판 카베요 후작과 엘리아큄 람파드 백작이 좋지 않을까 합니다."

"둘을 경쟁시키자는 말인가?"

"그렇습니다."

"흐음, 나쁘지 않군."

경쟁도 경쟁이지만 적절한 인선이라 할 수 있었다. 거리상으로 엘레크 평원과 멀지 않았고, 나름대로 자신에게 충성을 바치고 있는 이들이기 때문이다. 또한 쓸 만한 인재이기도 했다.

"그리고……."

마샬 국왕의 시선이 루카스 백작에게로 향했다.

자신을 돕기 위해 파견된 자이기는 하나 엄밀히 말하면 자신을 감시하기 위해 파견된 자. 그것을 알고 있음에도 불구하고 마샬 국왕은 그를 곁에 두고 중용했다.

그것이 마샬 국왕이 사람을 다루는 방법이었다.

"내가 부탁한 것은 어찌 되었소?"

반으로 갈라졌지만 어쨌든 일국의 국왕이 휘하에 있는 귀족에게 명령이 아닌 부탁이라 했다. 또한 로마노프 백작에게 거칠 것 없이 대하던 그의 모습이 아니었다.

"거의 완성 단계에 이르렀습니다."

"완성된 게 아니고 말이오?"

"그러하에는 재료가 모자랐습니다."

"흐음, 그렇다면 어쩔 수 없지요."

"급하시다면 아직 미완성이기는 하나 그것을 사용하실 수는 있을 것입니다."

"지금 사용해도 상관없다는 것이오?"

"부작용은 조금 있을 것입니다."

"완성되기까지 시간이 얼마나 필요한 것이오?"

"재료의 수급이 원활하지 않아 상당한 시간이 소요될 것으로 판단됩니다."

"그런가?"

대수롭지 않게 루카스 백작의 말을 받는 마샬 국왕이었으나 속내까지 괜찮을 리는 없었다.

'언젠가는 네놈의 껍질을 벗겨주마.'

이것이 마샬 국왕의 본심이었다. 루카스 백작은 그러한 마샬 국왕의 마음속까지 훤히 꿰뚫고 있었다.

'훗! 앤드루 마샬, 발버둥 치기에는 넌 너무 늦었다.'

물론 일왕자보다 삼왕자를 먼저 만났더라면 자신은 당연히 삼왕자를 택했을 것이다. 적당히 잔인하고 적당히 책략적이다. 그리고 적당한 탐욕까지 있어 목적을 위해서 피를 흘리기를 주저하지 않으니까 말이다.

하지만 그것은 가정일 뿐이다. 지금 자신은 일왕자를 모시고 있고, 삼왕자를 감시하며 그의 세력을 약화시켜야만 했다.

로마노프 백작을 마스터로 만드는 것은 어렵지 않았다. 또한 그는 흑마법에 조예가 깊은 마샬 국왕의 눈앞에서 수작을 부리기는 쉽지 않았음에도 불구하고 백작의 몸에 한 가지 수작을 부려 놓았고 마샬 국왕은 눈치채지 못한 것 같았다.

하지만 그건 그의 생각일 뿐, 그를 보는 마샬 국왕의 눈은 웃고 있었다. 가소롭다는 듯이 말이다. 불행히도 그 웃음을 루카스 백작은 보지 못했다.

흑마법으로 마스터의 반열에 오른 로마노프 백작은 그 부작용으로 조금 더 잔인해지고 조금 더 포악해졌으며 조금 더 간교해졌다.

어쩌면 그것이 마샬 국왕이 바라는 바였는지도 모른다.

어쨌든 하나를 받았으니 자신 역시 하나를 주어야 했다.

그렇기에 루카스 백작이 로마노프 백작의 몸에 수작을 부렸음을 알고 있음에도 그에 벌을 묻지 않은 것이었다.

"몇 개 정도요?"

"대략 1천 개 정도입니다."

"부작용이란 어떤 현상이오?"

"일시적이라는 것입니다. 이후 급격한 갈증으로 머미처럼 말라간다는 것을 제외하고는 별다른 부작용은 없습니다."

"결국 1회용이라는 말이로군요."

"말하자면 그렇습니다."

"미완성 상태라면 앞으로 몇 개를 더 생산할 수 있소?"

"대략 5천 개 정도입니다."

루카스 백작의 말에 잠시 고민하는 듯한 표정을 지어 보이는 마샬 국왕. 하나 그의 고민은 길지 않았다.

"일주일 후까지 6천 개를 부탁하오."

"부작용이 심한데 괜찮으시겠습니까?"

"상관없지 않겠소? 어차피 죄수들을 활용할 터이니 말이오."

"아! 그렇다면 괜찮을 것 같습니다."

"가능하겠소?"

"심려 놓으시길."

"부탁하오."

마샬 국왕의 말에 루카스 백작은 예를 올리고 자리를 벗어났다. 하나 로마노프 백작은 마샬 국왕과 아직 해야 할 대화가 많이 남았는지 꼼짝도 않고 자리를 지키고 있었다.

문을 나서며 그런 그의 모습에 진득한 미소를 떠올리는 루카스 백작이다.

"괜찮으시겠습니까?"

"뭐가 말인가?"

"루카스 백작 말입니다."

"그가 두려운가?"

"두렵지는 않습니다."

"한데?"

"그는 본국에서도 손꼽히는 흑마법사입니다. 결코 가벼이 볼 대상이 아닙니다."

"흐음."

로마노프 백작의 말에 마샬 국왕은 그를 바라봤다. 그러다 살짝 웃어 보이며 말했다.

"괜찮군."

"무슨……."

"자네의 상태 말이네."

마샬 국왕의 말에 로마노프 백작은 그의 말이 무슨 의미인지 짐작이 가지 않는 듯 고개를 갸웃거렸다.

"자네는 천생 기사였네."

"지금도 그러합니다."

"그렇긴 한데 조금 미묘하게 변했지."

"무엇이 말입니까?"

"자네는 그의 영악함을 걱정하고 있지."

"그를 아는 이라면 누구라도 그러할 것입니다."

"하지만 자네는 아니네. 알면서도 결코 입 밖으로 그것을 내지 않았지."

"그렇습니까?"

자신은 그저 마샬 국왕의 충실한 개일 뿐이다. 나중에 삶아 질지언정 그의 명령과 그의 안위가 지상에서 가장 소중하며 반드시 지켜야 할 것이었다. 심지어는 자신의 목숨보다도 더 말이다.

그것은 지금도 변하지 않았다. 그런데 변했다고 한다. 도 대체 무엇이 변했다는 것일까?

"나쁜 쪽입니까?"

"아니네. 오히려 나에게는 달가운 쪽이지."

마샬 국왕의 말에 로마노프 백작이 가볍게 한숨을 내쉬었다.

그러면 되었다. 자신이 아무리 변해도 가장 1순위는 마샬 국왕이다. 그에게 이로운 쪽의 변화라면 결코 나쁘지 않았다. 아니, 오히려 더욱더 변해야 할 것이다.

"사실 나에게는 강력한 무력도 중요하지만 그 강력한 무력 을 제어할 수 있는 두뇌 역시 필요하거든."

"그 말씀은 제가 두뇌를 가지기 시작했다는 것입니까?"

"자네에게 모자라던 것이 채워졌다는 것이지."

"다행입니다."

"그렇지."

"한데 아직 저의 의문은 해결되지 않았습니다."

"아! 루카스 백작 말인가?"

"그렇습니다. 그는 위험한 인물입니다. 멀리 두고 활용하시는 것보다는 가까이 두고 감시하는 것이 옳은 판단이라는 것을 알고 있으나 결코 오래 두고 볼 인물은 아닙니다. 그리고 마스터의 경지에 올라 느낀 점이지만 그는 자신의 경지를 숨기고 있는 것 같습니다."

"그렇긴 한데… 그를 제거하자니 당장에 그를 대신할 자가 없어서 말이지."

"수고롭지만 국왕 전하께옵서 직접 하시는 것이 낫지 않겠습니까?"

"내가 말인가?"

"그렇습니다."

로마노프 백작의 말에 잠시 생각에 잠기는 마샬 국왕. 그러다 문득 손을 들어 로마노프 백작 앞에 펼쳐 보였다.

그의 손에는 하나의 윤나는 검은색 돌이 들려 있었다. 그런데 조금 더 집중해서 보자 돌이 아니었다.

꿈틀.

수없이 많은 무언가가 하나로 뭉쳐 꿈틀거리고 있었다.

"이게 뭔지 알겠나?"

마샬 국왕의 물음에 로마노프 백작은 살짝 인상을 찌푸렸다. 무언가 상당히 거부감이 드는 물건이었기 때문이다. 하지만 분명한 것은 지금 마샬 국왕의 손아귀에 잡혀 있는 것은 자신을 강력하게 원하고 있었다.

"모르겠습니다."

"루카스 백작이 자네를 마스터에 올리며 심어놓은 거지. 세뇌충이라고 하는 흑마법에 의해 만들어진 생명체? 아니, 생명체라고 하기에는 조금 그렇군. 어둠의 마나로 만들어진 마나 집적체이네."

"저를… 조종하려 했다는 말입니까?"

그에 마샬 국왕은 조용히 웃으며 손아귀를 말아 쥐었다.

파지지직!

그에 검은 번개가 방전되며 그의 손아귀에 있던 물건이 타들어가는 듯하더니 종내에는 검은빛을 내뿜으며 사라져 갔다.

"하지만 이제 걱정하지 않아도 되지. 내 손에 사라졌으니 말이네. 그리고… 그는 아직 할 일이 있네. 나의 충성스러운 종속들이 완성되기 전까지 말이네."

"역시……."

자신의 주군이라면 어떤 대책을 가지고 있을 것이라고 판단했다. 고개를 끄덕인 후 그는 다시 입을 열었다.

"하나 그에게 부탁한 그것을 사용하기에는 부담이 되지 않겠습니까?"

"그도 그렇군. 하나 그것은 자네가 신경 쓸 일이 아니네."

"알겠습니다. 하면 따로 하명하실 일이라도 있으신지……."

"아니. 오늘은 여기까지네."

"하면 소신은 작전 계획을 수행토록 하겠습니다."

"그래."

로마노프 백작이 물러났다. 이제 집무실에는 마샬 국왕 그 혼자만 남았다. 그는 잠시 뒷짐을 진 채 집무실의 한쪽 벽면을 온통 차지하고 있는 창문 밖을 내려다보다 느릿하게 걸음을 옮겼다.

그가 향한 곳은 여러 가지 고풍스러운 책이 꽂혀 있는 서가였다. 그중 대부분은 손때조차 묻어 있지 않았다. 그는 넓은 집무실 한쪽 벽면 전체를 차지하고 있는 서가의 중간쯤으로 다가가 슬쩍 책 한 권을 잡아당겼다.

스르르륵!

그에 전혀 움직일 것 같지 않던 서가가 서서히 방향을 틀었다.

"한 시간가량 휴식을 취할 터이니 그 누구도 들이지 말라."

그가 집무실 밖을 향해 말했다.

"추웅!"

그러자 집무실 밖 기사들의 외침이 들려왔다. 그는 그 외침이 들려오자마자 열린 서가 한쪽으로 몸을 집어넣었다. 그가 사라지자 서가는 다시 원래의 모습으로 돌아왔다.

서가 안쪽으로 들어온 마샬 국왕.

그는 잠시 서서 서가 안쪽을 둘러보았다. 단출하게 침대와 함께 책상과 의자가 놓여 있다. 안쪽은 가공하지 않은 모습으로 마치 집무실과는 별개의 세상처럼 울퉁불퉁한 벽면이 그대로 노출되어 있었다.

그러다 그는 다시 벽면 한쪽을 쓰다듬었고, 움직일 것 같지 않던 벽면이 미세한 소음을 내며 다시 열렸다. 이중삼중으로 마련된 그만의 공간이었다.

국왕이라면 대부분 집무실 내에 휴식을 취할 수 있는 내부 공간이 있을 터. 하지만 그 안에 또 다른 공간을 만드는 경우는 극히 드물었다.

하나 마샬 국왕은 자신의 오른팔이라 할 수 있는 로마노프 백작에게조차 밝히지 않은 자신만의 공간을 하나 더 가지고 있었다.

마침내 열린 석문. 그 석문 안은 온통 어둠 속에 잠겨 있었고 음습하고 기괴하면서도 탁한 무언가가 마샬 국왕을 향해 덮치듯이 쏟아졌다. 마샬 국왕은 눈을 감고 크게 숨을 들이쉬었다.

"하아아~"

그리고 내쉼과 동시에 눈을 번쩍 떴다.

그 순간 그의 눈동자는 온통 검은색으로 물들었고, 그의 손톱과 입술 역시 검은색으로 물들어 있다. 하나 그 시간은 그야말로 찰나였다. 어느새 원래의 신색으로 돌아온 마샬 국왕은 무심하게 어둠 속으로 발을 내디뎠다.

그가 걷는 곳은 완벽하게 어둠만이 존재했다.

다만 그가 걷는 주변만 어스름하게 빛났다. 그리고 그는 이 길을 너무나도 잘 알고 있다는 듯이 걸음을 옮겼다. 하나 자세히 보면 그는 걷고 있는 것이 아니었다.

마치 허공에 둥둥 떠 있는 것 같았다. 기실 그러했다.

도대체 어떻게 된 것인지는 알 수 없었다. 그가 직접 말을 하기 전에는 말이다. 어쨌든 그는 그렇게 허공에 둥둥 뜬 채 계단을 내려가 마침내 거대한 석문 앞에 섰다.

그 석문은 기이한 울림이 공명하고 있었다.

우우우웅!

우워우우웅!

나직하지만 마치 짐승의 울음소리 같기도 해서 듣는 이로 하여금 절로 오금이 저리게 할 정도의 그런 음습한 울림이었다. 그런 음습한 소리에도 마샬 국왕의 얼굴에는 오히려 환한 미소가 떠올랐다.

아니, 환한 것이 아닌 그 웃음을 보는 순간 심장이 딱 멈출 정도의 사이하기 이를 데 없는 웃음이었다. 그가 서서히 손을 들어 석문의 어느 한쪽을 건드리자 석문이 미끄러지듯 열렸다.

후우우웅!

석문 안쪽에서 퀴퀴한 바람이 불어나왔다. 그 퀴퀴함에는 사람을 진저리치게 하는 비린내가 섞여 있다. 당연히 보통 사람이라면 그 비릿한 냄새에 코를 막았을 것이나 마샬 국왕은 오히려 만족한다는 듯 미소를 가득 베어 물었다.

"거의 다 되어가는군."

뚜벅뚜벅.

그는 거침없이 석문 안으로 걸음을 옮겼다.

"누… 구냐!"

그가 발을 안으로 들임과 동시에 마치 쇠를 긁는 듯한 목소리가 들려왔다.

"너의 주인."

"나의… 주인, 크큭!"

냉랭한 마샬 국왕의 말에 예의 쇠를 긁는 듯한 목소리가 다시 들려왔다.

석실 안은 어두웠다. 어둠을 밝히기 위해 켜놓은 횃불마저 그 어둠에 먹혀 빛을 발하지 못할 정도였다.

　마샬 국왕은 말없이 중앙을 지나 석실 내의 가장 깊숙한 곳까지 다가갔다. 그리고 그가 멈춰 서자 그의 앞에는 칠흑의 풀 플레이트 메일과 어깨와 머리에 악마의 뿔을 달고 있는 거구의 기사가 있었다.

　기사의 전신은 윤이 나는 검은 쇠사슬로 꿰뚫리거나 동여매져 있었으나 기사는 전혀 아프지 않다는 듯 쇠사슬을 흔들어대고 있었다.

　"무.엇.을. 원… 하는가?"

　"아직, 아직 완성이 안 되었다."

　"크하아! 완.성? 무.슨. 완.성. 말.이.냐?"

　깊게 눌러쓴 칠흑의 헬름 속에서 붉은 광망이 솟아났다. 명백한 적대감이었다. 그런 거구의 풀 플레이트 메일의 기사를 바라보며 냉랭한 표정을 지어 보이는 마샬 국왕이다.

　"꿇어라!"

　"<u>크흐흐흐</u>, 그. 누.구.도. 나.의. 무.릎.을. 꿇.릴. 수. 없.다."

　기사를 둘러싸고 있는 어둠이 출렁이며 기사를 억제하고 있던 쇠사슬이 철그렁거렸다. 명백한 거부의 행동이었다.

　하나 마샬 국왕은 여전히 지극히 냉랭한 얼굴과 목소리로 다시 입을 열었다.

"너는 나를 거역할 수 없다. 꿇어라!"

"크흐윽! 감.히. 어.둠.의 기.사.의. 명.예.를. 더.럽.히.지. 말.라."

말은 그렇게 해도 어느새 기사의 전신은 부들부들 떨리고 있었다. 무언가에 억지로 반하고 있는 듯한 그런 모습이었다.

그에 마샬 국왕의 입술에 얇은 실선이 그어졌다. 그의 손이 들렸다.

그리고 검지로 기사를 가리켜 서서히 아래로 그어 내리며 다시 입을 열었다.

"명하노니. 꿇.어.라!"

그에 지금까지 버티던 흑의 풀 플레이트 메일의 기사는 그 강력한 힘을 이기지 못하고 서서히 무너져 내리기 시작했다.

쿠웅!

마침내 기사가 무릎을 꿇었다.

"크크큭! 나 앤드루 로스차일드 마샬 폰 나파시안은 너의 주인이다."

"나.의. 주.인.이.시.여."

"그러하다. 나는 너의 유일한 주인일지니."

음울한 마샬 국왕의 음성이 흘러나오자 기사는 한 글자씩 끊어 같은 말을 되풀이했다.

오직 그 말만을 알고 있다는 듯이 말이다.

"나.의. 주.인.이.시.여."

"주인으로서 명하노라, 완벽해져라. 모든 것을 흡수해 완벽한 위치에서 너의 주인에게 모든 것을 바쳐라."

"주.인.의. 뜻.대.로."

기사의 말에 만족한 웃음을 떠올리던 마샬 국왕의 손가락이 다시 움직였다.

철컹! 뚜둑! 뚜두둑!

그의 손가락의 움직임에 따라 단단해 보이던 칠흑의 쇠사슬이 마치 종잇장 찢어지듯 뜯겨져 나갔다.

그럴 때마다 무릎을 꿇고 있는 기사의 전신이 움찔거렸다. 하지만 기사의 입에서는 신음 소리 하나 흘러나오지 않았다.

"일어나라!"

그의 말에 무릎을 꿇고 있던 흑의기사가 몸체를 일으켜 세웠다. 마샬 국왕은 그런 흑의기사를 일별한 후 어둠 속에서 아직 모습을 드러내지 않고 있는 공동을 향해 서서히 걷기 시작했다.

그가 걸음을 옮김에 하나의 붉은 눈동자가 눈을 떴고, 다시 한 걸음 옮김에 또 다른 붉은 눈동자가 눈을 떴다. 그러기를 수차례. 붉은 눈동자의 실체가 서서히 모습을 드러내기 시작했다. 그 붉은 눈동자 역시 거구의 기사들이었다.

다만 목이 없었다. 마치 헬름을 옆구리에 끼고 있듯이 베인 목을 옆구리에 끼고 도열해 있는 수백의 목이 없는 기사.

"나의 충직한 기사들, 듀라… 한."

마샬 국왕이 걸음을 멈추고 입을 열자 수백의 듀라한이 무릎을 꿇고 기사의 예를 올렸다. 일체의 소음도 없어 마치 죽음의 예식을 올리는 듯 을씨년스럽고 공포스러운 모습이었다. 하나 마샬 국왕은 그런 수백의 듀라한을 자랑스럽다는 듯 바라보았다.

"얼마 남지 않았군."

아직은 완성되지 않은 모양이다.

"명한다. 더 많은 피를 흡수하라."

대답은 없었다. 수백의 듀라한은 말없이 돌아서서 뒤에 배치된 피가 넘실거리는 돌로 된 욕조로 서슴없이 들어가 드러누웠다. 이윽고 핏물이 찰랑거리는 소리조차 잠잠해질 즈음 마샬 국왕이 신형을 돌려세웠다.

"네가 활약할 날이 멀지 않았다. 그때까지 힘을 비축하도록."

"뎌엉!"

그때까지 아무런 행동도 없이 마샬 국왕의 뒤를 따르고 있던 거대한 흑의기사가 입을 열었다. 그 거대한 흑의기사 역시 아직 완전하지 않은 듯싶었다. 마샬 국왕이 석실을 벗어나고 거대한 석문이 닫히자 고개를 숙이고 있던 흑의기사가 고개를 들었다.

흑의기사의 눈동자에서 사이한 붉은빛이 쏟아져 나왔다. 하지만 극히 찰나의 순간, 이내 신형을 돌려 여타 듀라한보다 거대한 욕조에 몸을 담갔다.

"멀지… 않았다…….''

그 말과 함께 조금의 찰랑임도 없이 몸을 핏물에 담그는 흑의기사였다.

*　　　*　　　*

"저들이 새로 합류하는 람파드 백작인가?"

"그렇습니다."

"어따~ 제법이구만."

카이론의 물음에 웰링턴 참모장이 답을 했고, 키튼이 변죽을 울렸다.

북 카테인 왕국의 곡창지대라는 엘레크 평원을 점령하고 다시 하나로 뭉친 키튼과 맥그로우 공작이다. 그리고 키튼은 여전히 긴장감 없는 말을 툭툭 내뱉고 있었다.

"병력이 꽤 되는군."

"그래봐야 오합지졸이지 않겠수?"

카이론의 말에 껄렁하게 답하는 키튼에 카이론의 이마가

살짝 찌푸려졌다.

그런 카이론의 모습에 키튼이 헛기침을 하며 딴청을 부렸다.

"요즘 대련을 조금 쉬었지?"

"대련은 매일 하고 있습니다만."

"나하고 말이지."

"어허~ 어디 일국의 국왕 전하께서 하잘 것 없는 나 같은 존재와 드잡이를 하시겠다고."

"남 카테인 왕국의 바람의 별이 하잘 것 없는 존재라면 세상에 누가 있어 하잘 것 있는 존재일까?"

"커험! 참, 보, 볼일이 좀 있어서……."

그러면서 얼렁뚱땅 자리를 벗어나려 하는 키튼이다.

"아직 부대 정비를 안 했다고?"

"아니, 그런 것쯤이야 진작에……."

"그래, 그래야 내가 알고 있는 키튼 알카트라즈지. 그러니 나와 대련할 시간은 충분하겠군."

"그… 에……."

카이론의 말에 키튼이 식은땀을 삐질삐질 흘리며 주변에 도움을 요청했다.

하나 맥그로우 공작은 이미 먼 산을 바라보고 있었다. 남은 것은 웰링턴 참모장밖에 없었다. 그의 애절한 눈빛을 받은 웰링턴 참모장은 애써 웃음을 지우며 말했다.

"행군하는 모습이 정련되어 있어 공략하기가 쉽지 않을 듯합니다."

"그래 보이는군."

웰링턴 참모장이 입을 열자 카이론이 고개를 끄덕이며 맞장구쳤다. 그에 키튼은 한쪽으로 슬쩍 물러나 최대한 자신의 존재감을 지우려 했다.

"병력의 손실 없이 승리를 장담하기 위해서는 현재 적을 분산시켜야 할 것 같습니다."

카이론은 말없이 고개를 주억거렸다. 전투에 있어서 웰링턴 참모장의 통찰력을 넘어서기는 쉽지 않았다. 애초에 상당한 병력이 포진해 있는 엘레크 평원을 공략하기 위한 계략을 세워 성공한 것 자체가 상식을 뛰어넘는 일이었다.

그는 오랫동안 카이론과 함께한 라마나 마하리쉬 감찰단장과 비견될 인물이며, 그것을 증명이라도 하듯 상식을 뛰어넘는 계략으로 아주 손쉽게 엘레크 평원을 손에 넣었다. 비단 그뿐만이 아니다.

그는 엘레크 평원이 점령되면 북 카테인 왕국은 코스발트에 견고한 방어진지를 구축하고 아군의 배후를 노릴 것이라는 것도 예측해 냈다.

사실 전선을 하나로 꿰뚫으면 충분히 생각해 낼 수 있는 북부군의 계략이겠지만 실제로 그것을 적용시키고 결과를 도출해 낼 인물이 과연 몇이나 될까?

그래서 웰링턴 백작이 라마나 마하리쉬 감찰단장과 비견될 만한 사람이라 하는 것이다.

"적을 분산시킨다……. 어떻게?"

"적을 분노하게 해야 합니다."

"쉽지 않을 터인데? 듣기로 람파드 백작은 결코 만만한 자가 아니라고 알고 있는데?"

"물론 그렇기는 합니다만, 그의 분노를 일으킬 수 있는 방법이 있습니다."

그렇게 말하면서 그는 여전히 무표정하게 먼 산을 바라보고 있는 맥그로우 공작을 바라보았다. 그에 따라 카이론과 키튼 역시 그녀를 바라봤고, 웰링턴 백작의 말의 의미를 알 수 있었다.

"괜찮겠나?"

"상관없습니다."

"하면 공작이 수고를 좀 해줘야겠군."

"신명을 바치겠습니다."

"저들을 분노케 하는 데에 신명까지 필요할까? 그냥 적당히 불만 질러."

카이론의 대수롭지 않다는 말에 당사자인 맥그로우 공작

을 비롯해 웰링턴 백작과 키튼은 피식 웃어버렸다. 하기야 참으로 대수롭지 않은 일이기는 했다. 계획대로라면 이 시대의 귀족이라면 결코 아무렇지도 않게 지나칠 수 없을 것이니 말이다.

"병력을 나누고 은신시켜야 합니다."

"흐음, 괜찮은 방법이야. 꼬리를 자르다 보면 어느새 몸통도 잘리고 목도 잘리는 법이니까."

"뭔 소리를 하는 건지. 그냥 팍 가서 팍 하고 조지면 되는 것을."

키튼의 말에 카이론의 시선이 그에게로 향했다.

"아하하, 그, 그게 말입니다. 꿰에엑!"

순간 키튼이 돼지 멱따는 소리와 함께 쌍코피를 흩뿌리며 저만큼 데굴데굴 굴러 떨어져 나갔다. 누가 본다면 최소한 중상은 입었을 것이라고 생각할 것이다.

"엄살떨지 말고 일어나. 더 맞는 수가 있다."

"쯧. 안 통하네."

그러면서 멀쩡한 모습으로 부스스 일어나는 키튼의 모습에 맥그로우 공작이나 웰링턴 백작은 그저 언제나 있던 일이라는 듯이 무표정했다.

"두 번째 유인은 키튼이 하는 것으로 하지."

"그렇게 하겠습니다."

"조금 길게 잡아."

"알겠습니다."

둘의 대화를 듣던 키튼이 발끈했다.

"아니 왜?"

"그럼 내가 하리?"

"아니, 뭐… 그건 아니지만."

"확실히 요즘 대련이 부족했어."

"합니다. 하면 될 것 아니오."

키튼의 말을 들은 카이론은 웰링턴 백작을 바라보며 입을 열었다.

"작전 계획 입안해."

"명."

명령이 떨어졌다.

키튼은 여전히 팔짱을 긴 채 한쪽에서 입을 삐죽이며 구시렁거리고 있었다. 그의 곁을 지나가며 맥그로우 공작이 한마디 남겼다.

"전하께옵서 대련장에서 기다리신답니다."

"……."

얼굴을 잔뜩 일그러뜨린 키튼이 멍하니 자신의 옆을 스쳐 지나가는 맥그로우 공작의 늘씬한 뒷모습을 바라봤다.

"날 말려 죽이려는 게야."

'들린다.'

"헙!"

소리로 들리는 것이 아닌 머리에서 울렸다. 그에 키튼은 두 손으로 입을 틀어막을 수밖에 없었다. 하지만 이미 그의 얼굴은 도살장에 끌려가는 소와 같은 표정이 되어 있었다.

"아이고, 이놈의 주둥아리. 어쩌자고, 에효!"

그러면서도 그의 걸음은 어느새 카이론이 기다리고 있다는 대련장으로 향하고 있었다.

가지 않을 수 없었다. 가지 않으면 더욱더 큰 후환이 닥치기 때문이다. 그는 나름 뒤끝이 있는 성격이니까 말이다.

그렇게 훈훈한 모습을 연출하는 남부군과 달리 람파드 백작이 이끄는 북부군엔 극도의 긴장감이 흐르고 있었다.

"설마… 정보가 누출된 것인가?"

람파드 백작은 멀리 보이는 상당한 규모의 병력을 보며 씹듯이 내뱉었다.

"불가능합니다."

람파드 백작의 말에 그의 부관인 알렉산다르 밀러 자작이 강하게 부정했다. 정보가 누출되었을 리가 없었다. 이번 작전은 실로 은밀하게 추진된 작전이기 때문이다.

"그것이 아니라면 적에게 현 상황을 꿰뚫어 보는 대단한 참모가 있다는 것을 의미합니다."

그에 파블로 나바스 자작이 조용하게 입을 열었다. 그의 말에 람파드 백작과 밀너 자작은 동시에 수긍하며 고개를 끄덕일 수밖에 없었다. 그것 이외에는 어떻게 현 상황을 설명할 방법이 없었기 때문이다.

"준비를 해야 하나?"

"어떤 식으로든 도발이 있을 것은 자명한 일, 또한 이미 아군의 이동 경로가 발각된 이상 이곳에서 일전을 치러야 할 것입니다. 동시에 카베요 후작께 현 상황에 대한 통신을 넣어야 할 것입니다."

"크흠."

그에 람파드 백작은 불편한 기색을 보였다.

"꼭 그래야만 하나?"

"적의 군세는 보이는 것이 다가 아닐 것입니다. 정보에 의하면 엘레크 평원을 점령한 적의 병력은 대략 5만 정도. 그들이 모두 한곳으로 모였다면 아군보다 병력의 수에서 앞설 것이고, 결정적으로 그들은 지금 연전연승으로 인해 사기가 하늘을 찌르고 있다는 것입니다."

그것이 문제였다. 하늘을 찌를 듯한 사기.

병력의 수가 엇비슷하거나 약간 적더라도 군의 사기가 높다면 충분히 해볼 만한 것이 전투다. 그런데 상대는 예측이기는 하지만 휘하의 병력보다 두 배 가까이 많았다.

이런 상황에서 생각할 수 있는 가장 간단한 방법은 역시 그보다 많은 병력으로 그들을 밀어붙이는 것 밖에 없었다. 휘하 병력의 사기가 낮은 것은 아니지만 은밀하게 이곳으로 군을 이동시키는 와중에 듣게 된 남부군에 대한 위명은 그들에게 두려움을 심어주기에 충분했다.

"어쩔 수 없군. 카베요 후작에게 연락을 취하고 견고하게 진지를 구축한다."

"명을 받듭니다."

명을 내리기는 했지만 솔직히 마음에 들지는 않았다. 하지만 현실은 단독으로 저들을 어찌해 볼 수 없었다. 그리고 이미 자신의 이동 경로가 들통난 이상 이곳에서 결정을 보아야만 했다.

그러자면 기다릴 수밖에 없었다. 코스발트에서 견고하게 방어진을 펼치고 있는 본군과 저들을 역습하기 위해 은밀하게 움직이고 있는 카베요 후작까지 하면 적어도 10만의 병력. 상대의 사기가 아무리 높다고 해도 압도적인 병력 앞에서는 아무 소용없을 테니 말이다.

그가 생각에 잠겨 있는 동안 그의 병력은 견고하게 진지를 구축하기 시작했다. 하나 남부군은 그 모습을 그저 지켜보고만 있었다. 진지를 구축하면서 적을 경계하기란 절대 쉽지 않다. 그것도 적에게 적나라하게 드러난 상황에서 말이다.

만일 자신이라면 지금 이런 취약한 상황에 기습 부대를 운용할 것이라는 생각마저 들 정도로 호기라 할 수 있었다. 그러함에도 남부군은 그저 바라보고만 있다. 그러하기에 적의 의도를 알 수 없어 자꾸 신경이 쓰였다.

"도대체 무슨 꿍꿍이인지……."

"혹시 저들 역시 후속 부대를 기다리고 있는 것이 아닌지 모르겠습니다."

"아직 모두 합류하지 않았을 가능성이 있다는 말인가?"

"그렇습니다."

나바스 참모장의 말에 람파드 백작은 턱을 만지며 생각에 잠겼다. 확실히 그럴 공산이 컸다. 전장은 무수히 많은 속임수가 난무하는 곳이다. 그래서 믿어야 할 것과 믿지 말아야 할 것을 가려내야 했고, 잘못된 정보를 가지고 작전을 수립한다면 십중팔구 패하기 십상이다.

그러하기에 전장에서 사령관의 역할이 중요했다. 정보를 가려내는 것은 참모들의 일이지만 그 모든 것을 결정하는 것은 바로 사령관이기 때문이다.

전장을 관통하는 직관력이 없다면 수만의 목숨의 그의 명령 한마디에 죽어나갈 수도 있었다.

"가능성은?"

"오 할 정도입니다."

"절반이라… 애매하군."

결정하기가 애매했다. 절반의 가능성, 그렇기에 고민하지 않을 수 없었다.

"일단은……."

장고 끝에 그의 입이 열렸다.

"적이 모두 집결했다고 가정하고 작전을 수립하도록 하게."

"알겠습니다."

이견은 없었다. 모든 작전은 최악의 상황을 상정한 후 마련되어야만 한다. 그러기에 지금 람파드 백작이 내린 결정은 상당히 정석적이라 할 수 있었다. 호전적인 귀족이라면 겁쟁이라 욕할지도 모를 일이나 분명한 것은 그가 그리 전투에 겁을 내는 귀족이 아니라는 것이다.

어찌 보면 타 귀족보다 더 공명심이 강하고 욕심이 많을지도 몰랐다. 하지만 그렇다고 해서 되지도 않는 욕심을 부리지는 않았다. 철저하게 계산하고 현실적으로 움직이는 이가 바로 람파드 백작이었다.

그렇게 안정적으로 진지를 구축하고 나서야 북부군은 휴식에 들어갔다. 어둠을 틈타 기습할 것을 대비해 경계 병력을 늘렸음에도 불구하고 기습은 없었다.

긴장 속에서 하룻밤을 보낸 북부군은 조금은 지친 표정을 지어 보이고 있었다.

"도무지 알 수 없군."

람파드 백작은 조식을 하면서도 인상을 펼 수 없었다. 그것은 그의 부관인 밀너 자작이나 참모장인 나바스 자작 역시 마찬가지였다. 긴장감만 계속 유지되고 있을 뿐 적군은 움직일 기미가 보이지 않았다.

속내를 알 수 없는 적의 동향, 그것이 답답했다.

조식을 하고 있기는 하지만 그 생각에 음식이 코로 들어가는지 입으로 들어가는지 모를 지경이다. 그렇게 지루한 시간이 흐르고 있을 때였다.

임시 군막의 입구가 열리면서 한 명의 기사가 뛰어들어 왔다.

"적입니다!"

그 말이 오히려 반가울 지경이었다. 자신의 모든 것이 드러난 상태에서 움직임이 없는 적보다는 무언가 행동으로 옮기는 적이 더 상대하기 쉬웠으니까 말이다.

적이 움직인다는 것은 정보가 흐른다는 것이고, 정보가 흐르면 적의 의도를 알 수 있었다.

람파드 백작은 부랴부랴 무구를 착용하고 군막을 벗어났다. 기사의 말대로 대략 1만에 가까운 적이 전열을 정비하고 있었다. 그런 모습을 오히려 다행스럽게 바라보고 있는 람파드 백작이다.

"이상한 수를 쓰지 않을까 걱정했는데 저 정도면 양호하군."

정석적인 적의 대응. 이것이 람파드 백작의 고민을 한순간에 날려주었다. 저들이 병력을 이끌고 이곳에 나선 이유는 바로,

"싸우자는 것이군."

의심할 여지가 없었다. 다만 참모장인 나바스 자작만이 지금의 상황에 의문을 품고 인상을 찌푸리고 있었다. 하나 그 누구도 그들의 모습을 보고 어떤 술수가 있을 것이라고는 의심하지 않았다.

그 이유는 그만큼 그들에게 전날 오후 이후 자신들을 지켜보기만 하는 남부군이 부담으로 다가왔기 때문이다. 그 부담이 이제는 '그럼 그렇지' 하고 굳어지는 순간이다. 위명이 자자한 남부군이라고 해도 일반적인 군대의 범주에서 벗어날 수 없다는 것을 확인했으니 말이다.

"나는 카테인 왕국의 캐슬린 맥그로우 공작이라고 한다! 누가 있어 나의 검을 받을 것인가?"

그렇게 상념에 잠겨 있을 때 대치하고 있는 전장 중심으로 한 여기사가 말을 몰아 달려 나오며 외쳤다. 그리 크지 않은 목소리임에도 불구하고 여기사의 외침은 북부군 진영의 구석구석까지 전해졌다.

"캐슬린 맥그로우 공작?"

"남부에 있는 일곱 개의 별 중 얼음의 별이라 불리는 여공작입니다. 방어태세를 갖추고 후작의 합류를 기다려야 하지 않겠습니까?"

들은 적이 있다. 소문이 자자한 세븐 스타의 위명을 말이다.

'세븐 스타라…… 실력을 한번 보지. 잘만 한다면 공을 세울 수 있는 기회가 될 것이야.'

소문이라는 것은 매양 부풀려지게 마련이다. 그리고 남자와 여자는 신체적으로 그 차이가 있다. 기본적으로 풀 플레이트 메일 자체의 중량이 상당하다. 물론 대부분의 정규 기사에 오른 이들은 풀 플레이트 메일에 경량화 마법을 새겨 착용하지만 그렇다고 해도 아무나 착용하고 전장을 활보할 정도의 무게는 절대 아니었다.

결국 그런 체력적인 한계 때문에 여기사가 몇 있음에도 불구하고 사람들의 입으로 회자되는 여기사는 없었다.

"누가 저 건방진 여기사의 실력을 확인하겠는가?"

"발탄의 주세페 크라임이 나서볼까 합니다."

람파드 백작의 말이 떨어지자마자 한 기골이 장대한 기사가 앞으로 나섰다. 보통의 기사들보다 머리 하나는 컸고, 우락부락한 것이 어린아이가 본다면 단박에 울음을 터뜨릴 정도의 위용이다.

"오! 그래, 크라임 경에게 그 임무를 맡긴다."

"명을 따르겠습니다."

람파드 백작의 명령을 득한 크라임 경이 득달같이 말에 올라타 전장의 중앙으로 달려 나갔다. 그리고 그의 당당한 모습에 북부군은 용기백배하여 방패를 두드리고 창을 높이 치켜올리며 함성을 질러댔다.

"우와아아아!!"

우레와 같은 함성에 힘을 얻은 크라임 경은 할버드를 들어 맥그로우 공작을 가리키며 외쳤다.

"계집년 주제에 감히!"

그 소리에 맥그로우 공작의 얼굴이 살짝 굳어졌다. 먼 거리에 있음에도 불구하고 그녀의 기세가 살짝 변한 것을 느낀 카이론과 키튼이다.

"저, 저거… 아예 죽으려고 용을 쓰는구만. 맥그로우 공작이 제일 싫어하는 말이구만."

키튼의 말을 증명이라도 하듯 그의 말이 끝나자마자 거대한 굉음이 터져 나왔다.

쿠우~ 콰카가가강!

화들짝 놀란 키튼이 눈을 동그랗게 뜨고 전방을 바라봤다. 일반 기사보다 장대한 체구를 가진 기사가 훌훌 날아오르고 있었다. 다른 이에게는 보일지 모르겠으나 키튼의 눈에는 확연하게 보였다.

가슴과 복부를 가린 풀 플레이트 메일이 움푹 들어가고 계집년이라는 말을 한 입은 핏물이 가득했다. 그리고 그 주변으로 튀는 부서진 이빨까지 아주 선명하게 보였다.

"미친놈, 얼음의 별이 아니라 얼음 마녀인 것을."

가볍게 혀를 차는 키튼.

"들었을걸."

그때 카이론이 한마디 했다. 그의 말에 설마 하는 얼굴로 그를 바라보는 키튼이었다.

"너보다는 못하지만 그래도 최상급의 기사야."

"그래도 거리가……."

"너는 안 들리디?"

"그야… 죽었다."

생각해 보니 그랬다. 자신이 최상급이었을 때도 들렸다. 하물며 자신이 최상급일 때보다 더 정교하게 마나를 사용하는 맥그로우 공작이 자신의 말을 못 들을 리가 없었다. 그에 고개를 푹 숙이고 마는 키튼이었다.

그런 키튼을 보며 미묘하게 입꼬리를 말아 올리는 카이론이다. 그런 그들의 모습과는 다르게 남부군의 진영에서는 거대한 함성이 터져 나왔다.

"우와아아아!!"

상대조차 되지 않았다. 그저 보기에도 위압적인 북부군의 기사를 호리호리한 맥그로우 공작이 단 일격에 쓰러뜨리자 남부군의 사기는 그야말로 끝도 없이 오르기 시작했다. 반면에 북부군은 찬물을 끼얹은 듯 조용해졌다.

　"저, 저……."

　람파드 백작마저도 그 황당한 결말에 할 말을 잊었다.

　"네 이녀언~"

　그때 북부군의 진영에서 누군가 분을 참지 못하고 마상 장검을 휘두르며 전장의 중앙을 향해 냅다 달려 나갔다.

# 제2장

## 엘레크 평원 전투

"누군가?"

"크라임 경의 절친인 알폰소 바테르 경입니다."

"호오~ 전장의 우정인가?"

"아무래도……."

람파드 백작의 말에 나바스 참모장은 말을 흐렸다. 그렇게 포장하는 것이 좋았다. 물론 명백하게 지금의 상황은 개인적인 공명심 때문이었다. 하지만 대외적으로는 그 공명심을 살짝 묻어두고 친구의 죽음을 참지 못한 우정이라고 내세우는 편이 사기를 올리는 데 더없이 좋을 것이니 말이다.

은근히 그것을 강조하는 람파드 백작. 어떻게 해서든 이 상황을 벗어나고자 하는 것이다. 물론 나바스 참모장도 그 의도를 모르는 바는 아니었다. 그러하기에 은근슬쩍 동조한 것이다. 하지만 정작 문제는 다른 곳에 있었다.

바로 전장 한가운데 있는 남부군의 얼음의 별이라 불리는 맥그로우 공작이었다. 나바스 참모장이 판단하기에 그녀는 소문보다 몇 배는 더 강했다. 그에 나바스 참모장은 힐끗 람파드 백작을 바라봤다.

그 역시 상대의 강함을 인지한 듯싶었다.

"한 명으로는 어렵지 않을까 싶은데?"

"그렇게 되면 병사들의 사기가……."

"꿩 잡는 매라는 말이 있네. 기사가 둘이 되었든 열이 되었든 적장은 남부에서 유명한 세븐 스타이네. 승리만 한다면 결국 사기는 올라갈 것이야. 자네와 내가 느끼는 것처럼 병사들도 상대가 결코 소문보다 못하지 않음을 인지하고 있기 때문이지."

맞는 말이다. 병사들이 어리석다고 하나 눈앞에 보이는 것마저 판단하지 못할 정도로 어리석지는 않았다. 아니, 오히려 생존본능에 있어서는 자신들보다 훨씬 더 예민할지도 몰랐다. 가진 바 무력이 약하니 어떻게든 살아남기 위해서 말이다.

"그가 속한 조원을 모두 보낼까 합니다."

"조원 모두라면 바테르 경을 포함해 아홉 명인가?"

"그렇습니다."

"괜찮군. 남부를 호령하는 얼음의 별이라면 그 정도는 해 줘야지."

람파드 백작의 명령이 떨어지자 나바스 참모장은 곧바로 기사를 불러 명령을 하달했다.

이것이 바로 람파드 백작의 장점이었다. 어떤 형식에 얽매이지 않는다. 또한 그 형식을 이용해 상대를 옭아매고 파멸시킨다.

철저하게 상대의 약점을 이용한다는 것이다. 그 때문인지 그는 병사들 사이에서 냉혈의 독사인 살모사로 불리고 있었다.

그리고 그런 그의 별칭의 위력은 여기에서 유감없이 발휘되고 있었다. 여타의 귀족이라면 절대 하지 않을, 한 명의 기사를 여러 명이서 핍박하는 행위. 그것도 여기사를 상대로 말이다. 하나 그는 바로 그것을 명령했다.

또한 그를 따르는 기사들도 그의 성정을 이어받아서인지 승리를 위해서는 어떤 행동도 서슴지 않았다. 바로 지금처럼 말이다.

"주군께서 명하셨다. 얼음의 별을 떨어뜨려라."

"충!"

"돌겨억!"

다른 말은 필요 없었다. 그들에게 있어서 필요한 것은 자신들의 신념인 주군이 내린 명을 충실하게 실행하고 완수하는 것. 이미 명령이 떨어진 이상 그들은 수단과 방법 가리지 않고 명령을 수행해야 했다.

그들은 무서운 기세로 진중을 벗어나 전장의 중앙으로 치달아갔다.

그리고,

"크아아악!"

그들이 달려 나가는 순간 그들은 처절한 비명 소리를 들어야만 했다. 바로 바테르 경의 비명 소리였다.

그들이 고개를 들어 전방을 바라봤을 때 바테르 경의 목은 이미 몸을 잃고 허공에 떠올라 있었고, 검붉은 핏물이 사방을 질척하게 적시고 있었다.

"복수의 검으로."

"복수로!"

아홉 명의 기사가 거칠게 말을 몰아가면서 맥그로우 공작을 향해 쇄도해 들어갔다.

갑작스러운 그들의 등장에 양측엔 순간 정적이 감돌았다.

그 정적을 깬것은 남부군이었다.

"우우우~"

남부군 측에서 한 명의 여기사를 향해 아홉 명의 기사가 달려드는 것에 대한 거친 반감을 표현했다. 아무리 남부를 밝히는 일곱 개의 별 중 얼음의 별이라 일컬어지는 맥그로우 공작이라고 하지만 그 근본은 역시나 여기사였다.

또한 그녀는 절로 침을 흘릴 정도로 눈부시게 아름다웠다. 아름답다는 것은 이런 시궁창 같은 전장에서는 아무런 의미가 없을 것 같았으나, 그녀의 아름다움은 전쟁에 지친 남부군에게 그나마 마음의 위로가 되어주고 있었다.

"우와아아~ 죽여라! 죽여!"

"우!"

"우!"

반면 북부군은 격하게 분노하고 있었다. 이미 두 명의 기사를 잃었다. 한 명의 기사를 향해 아홉 명의 기사가 한꺼번에 달려드는 지금의 상황이 치욕스러웠지만 이왕 이렇게 된 것, 반드시 승리를 쟁취하는 것만이 최고의 결과였다.

그에 그들은 아홉 명의 기사를 응원했다. 그들에게 힘을 주는 함성을 질렀다. 그런 그들을 바라보며 맥그로우 공작은 차가운 미소를 떠올렸다.

그 차가운 미소조차도 지금은 너무나도 아름답게 보이는 그녀였다.

후우웅!

바람이 불어왔다.

헬름을 벗어 던진 그녀의 긴 은백발이 햇빛을 받아 빛을 내며 바람에 나부꼈다.

그녀가 마상에서 그녀의 독문무기가 되어버린 클레이모어를 한 손으로 들어 올리며 자신을 향해 쇄도해 오는 아홉 명의 기사를 가리켰다.

"카테인 왕국의 유일한 지존이신 카이론 에라크루네스 전하의 이름으로!"

"우~ 와아아!"

나직한 그녀의 목소리는 전장 곳곳에 퍼졌다. 그 목소리를 들은 남부군은 거대한 함성을 토해냈다.

"거참, 맥그로우 공작은 낯간지러운 소리를 잘도 하네."

키튼이 소름이 돋는다는 듯 드러난 팔뚝을 쓸어냈다.

"싫으면 돌아가든지."

"아니 뭐, 싫다는 것은 아니고."

"저래야 기사지."

"뭐, 그렇긴 한데……."

뭔가 미심쩍다는 듯 가자미눈을 하고 카이론을 바라보는 키튼이다. 그가 생각하기에 둘 사이에 분명 뭐가 있긴 있는데 표가 나지 않았다. 그래서 더 답답했다. 그런 의심스러운 눈을 한 키튼을 쳐다보지도 않고 다시 카이론의 입이 열렸다.

"대련 한 번 더 할까?"

"아니, 내가 무슨 잘못을 했다고."

"가자미눈."

"아니, 내 눈 가지고 내 맘대로 하는데 뭔 상관인지……."

"확실히 어제 대련이 조금 모자랐군."

"아니 뭐, 그렇다는 말이지 그걸 가지고 꼭……."

"준비해."

"예?"

"평생 여기 있을 건가, 일터로 가야지?"

"아! 일터!"

그제야 생각났다는 듯 머리를 툭툭 치는 키튼. 그는 다시 전장을 한 번 흘깃 바라보더니 고개를 주억거리고 부리나케 군의 후미 쪽으로 사라졌다.

"우와아!"

그러는 사이 남부군 쪽에서 또다시 함성이 울려 퍼졌다.

북부군 기사의 목이 치솟아 오른 것이다. 그들이 아무리 아홉 명으로 맥그로우 공작을 몰아붙인다고는 해도 이미 최상급에 올랐고 이제는 마스터의 문을 두드리고 있는 그녀를 어찌해 볼 수는 없었다.

"죽어라!"

"이녀언!"

"가랑이를 찢어주마!"

동료를 잃은 기사들은 그녀를 향해 분노를 토해내고 있었다. 하지만 그녀의 표정은 여전히 무표정했고, 그녀의 움직임은 바람과 같이 표홀해서 그녀의 머리카락 한 올조차 건드릴수 없었다.

서걱!

또다시 한 기사의 목이 치솟아 올랐다. 그리고 다시 멀찍이떨어져 살아남은 일곱 명을 무심하게 바라보던 맥그로우 공작이 말했다.

"고작 이건가? 북부군의 기사들은 남부군의 병사들보다 형편없구나."

그녀의 목소리가 전장 구석구석까지 울려 퍼졌다. 그에 북부군 진영 전체에 싸늘한 정적이 감돌았다.

자신도 모르게 검병을 잡는 기사가 있는가 하면 분노가 치밀어 얼굴을 붉게 물들이며 핏대를 세우는 귀족까지 있었다.

북부군은 이미 맥그로우 공작의 심계에 넘어가고 있었다.그녀는 마나를 사용하여 자신의 음성을 증폭했다.

그리고 그들 전체를 도발하고 있었다.

현재 북부군을 이끌고 있는 람파드 백작은 지극히 차가운성정을 가진 자였다. 자신에게 승산이 없다면 절대 나서지 않왔다. 그런 자를 끌어내기 위해서는 여러 가지 조건을 만족해야 했다.

우선 사내로서, 귀족으로서 가장 깊숙하게 내재되어 있는 분노를 이끌어내기 위해 보통의 기사가 아닌 여기사인 자신이 나서는 것, 그리고 자신을 향해 쇄도하는 기사들을 수월하게 제거하는 것이었다.

그것도 그들에게 가장 치욕스러운 모습으로 말이다. 그래서 지금 그녀는 마나조차 사용하지 않고 있었다.

'너희들 정도는 마나를 사용하지 않아도 충분히 대적할 만하다'는 듯이 말이다. 그러한 그녀를 향해 기사들은 분노했다. 때로는 분노가 감당할 수 없는 힘을 이끌어내기도 하지만 이성을 마비시키기도 했다. 전자의 경우에는 구명의 한 수가 되겠지만 후자의 경우엔 자칫 죽음으로 이끌 수도 있었다.

그녀의 노림수는 생각해 볼 것도 없이 정확하게 맞아 떨어졌다. 그리고 그녀의 또 다른 목표, 뱀 같이 차가운 성정을 지닌 람파드 백작을 꾀어내는 것 또한 절반 정도의 성공을 거두고 있었다.

람파드 백작이 아무리 현실적이고 계산적인 자라고는 하나 그 역시 자존심이 강한 귀족이었다.

고작 여기사에게 무시당하고 있다는 생각이 귀족으로서의 그의 자존심을 건드렸다.

그리고 그는 지금 이 순간 결심을 굳히고 있었다.

'승리를 하든 패배를 하든 전군으로 밀고 들어간다.'

그럴 수밖에 없었다. 승리를 하면 기세를 몰아가야 하고, 패배를 하면 그 패배를 만회하기 위해 밀고 들어가야 한다.

결국 저들의 전력을 한 번 볼 겸 가볍게 대전에 나선 것치고는 상당히 그 모양새가 나쁘게 진행되고 있었다.

'마음에 들지 않는다. 무언가 말려드는 느낌 때문인가?'

자신이 주도하는 것이 아니라 이 모든 상황을 상대방이 주도하고 있다는 느낌에 람파드 백작은 살짝 이마를 찡그렸다. 그것은 부관인 밀너 자작이나 참모장인 나바스 자작 역시 마찬가지인 듯싶었다.

"어쩔 수 없나?"

"전 병력을 동원하기보다는 비슷한 수준의 병력을 동원하는 것이 옳을 듯싶습니다."

"누가 좋을까?"

"수하를 잃은 밴틀리 자작은 피하고 쥬시페르 자작이 낫지 않을까 합니다."

"흠, 그라면 괜찮겠군. 준비하라 이르게."

"명을 따릅니다."

맥그로우 공작의 격장지계가 절반의 성공으로 끝이 날지 아니면 완벽한 승리를 이끌어낼지에 대해서는 모를 일이었다.

맥그로우 공작의 역할은 적을 분노케 해 병력을 분산시키고 미끼가 되는 역할. 그 작전에 맞게 촘촘한 그물을 만들었다.

그 그물에 걸릴 물고기가 많고 적음은 물고기가 얼마나 영악하냐에 따라 달라질 뿐이었다.

"우와아아!"

그때 남부군 측에서 커다란 함성이 터져 나왔다. 바로 비겁한 북부군의 기사 아홉 명이 제대로 힘 한번 써보지 못하고 맥그로우 공작의 클레이모어에 의해 모두 불귀의 객이 되었으니 말이다.

그리고 그와 동시에,

"진겨억! 진격하라!"

이미 준비하고 있었다는 듯 북부군의 한쪽 면이 허물어지듯 움직이며 일단의 병력이 빠르게 전장의 중심을 향해 쇄도해 들었다. 바로 람파드 백작의 명령을 받든 쥬시페르 자작이었다.

그러한 그들을 보며 맥그로우 공작 역시 후퇴하지 않고 커다랗게 외쳤다.

"공격하라! 비겁한 북부군을 용서치 말라!"

북부군 1만과 남부군 1만이 전장의 중심으로 이동했다. 거친 함성과 함께 살을 엘 듯한 살기가 사방으로 충천했다. 남부군의 선두에는 맥그로우 공작이, 북부군의 선두에는 병사들이 서 있었다.

그 두 부대가 부딪치는 순간, 북부군이 무너져 내리기 시작했다.

"저, 저……."

북부군의 사령관인 쥬시페르 자작이 경악했다. 일군의 사령관이 어찌 부대의 선두에 설 수 있느냐는 표정이다. 그들의 입장에서는 절대 있을 수 없는 일이었다. 하지만 이러한 행동은 남부군에게는 당연한 일이었다.

자신들을 이끄는 부대의 사령관이 가장 선두에 서서 기사들과 병사들을 이끄는 것이 당연했다. 병사들도 마찬가지였다. 어렵고 힘든 일일수록 신임 병사가 아닌 선임 병사가 나서서 처리했다. 그래서 그들에게는 끈끈한 무언가가 있었다.

바로 전우애라는 것.

그리고 또 하나, 나를 따르라는 것.

나를 따르라, 그리고 전우를 믿으라. 죽는다 할지라도 말이다.

그러하니 당연히 밀릴 수밖에 없었다.

북부군은 처음 남부군과 부딪치는 그 순간 밀렸다. 최고의 사령관이 선두에 서서 그 강렬한 기세를 내뿜는 데 밀리지 않을 리가 없었다.

"크음, 벤틀리 자작을 투입시키게."

"명!"

또 하나의 부대가 투입되었다. 그에 아무리 용맹하고 끈끈한 전우애로 뭉친 남부군이라 할지라도 병력 수에 밀리자 어쩔 수 없이 후퇴할 수밖에 없었다.

"후퇴! 후퇴하라!"

맥그로우 공작은 결코 어리석지 않았다.

아군보다 두 배나 많은 적군을 향해 미친 듯이 돌격해 들어가지 않았다. 그녀는 곧바로 후퇴 명령을 내렸고, 남부군은 침착하게 축차적(逐次的)으로 후퇴하기 시작했다.

훈련되지 않는 병력이라면 공격할 때보다 후퇴하는 동안 더 많은 사상자를 내는 것이 다반사였다. 하나 남부군은 두 배나 되는 북부군을 상대하고 있음에도 침착하게 후퇴하고 있었다.

그리고 북부군과의 거리가 벌어지고 대열이 정비되었을 때 또 다른 명을 내렸다.

"전속 후퇴!"

그들은 뒤도 돌아보지 않고 내달렸다. 그리고 북부군은 그들을 쫓기 시작했다.

"추격하라!"

"멈춰! 멈추란 말이다!"

북부군 내에서 혼선이 일어났다. 쫓으려는 자와 말리려는 자로 말이다. 쥬시페르 자작은 말리려 들었고, 벤틀리 자작은 쫓으려 들었다. 실상은 쥬시페르 자작의 명령이 맞았다.

하나 이미 전장의 광기에 빠져든 병사들과 기사들, 그리고 수하 기사를 잃은 벤틀리 자작은 달랐다. 그들은 눈이 벌게져서 남부군의 뒤를 쫓아가기 시작했다.

쥬시페르 자작은 그런 벤틀리 자작을 말릴 수 없음을 깨닫고 병력을 멈추며 고개를 저었다.

후퇴하는 와중, 맥그로우 공작이 슬쩍 뒤를 돌아봤다. 1만의 병력이 절반 정도로 줄어 있었다.

'역시 무리였는가? 하지만 뒷일은 그에게 맡길 일, 우선은 맡은 바 임무에 충실한다.'

예상하지 못한 일은 아니었다. 아니, 오히려 최초 이 계획을 입안한 웰링턴 백작의 계획보다 더 많은 이들을 끌어내었다. 그것은 확실히 자신이 여자라는 점이 크게 작용했음을 알 수 있었다.

"저대로 내버려 두시겠습니까?"

"저들을 미끼로 사용한다."

나바스 참모장의 말에 차가운 눈빛을 빛낸 람파드 백작이 말했다. 실로 냉정하기 짝이 없는 결정이었다.

그는 지금 1만을 미끼라 말하고 있었다. 실로 차갑기 그지

없는 그의 말에 나바스 참모장은 불현듯 서늘함을 느껴야만
했다.

'위험하다!'

본능이 경종을 울렸다. 람파드 백작의 말대로 1만을 적에
게 주고 5만이 그 미끼를 문다면 충분히 대단한 공이라 할 수
있었다.

'하나 과연 미끼를 물 것인가가 문제이다. 적이라고 해서
눈과 귀가 없는 것은 아니지 않는가?'

나바스 참모장은 전장을 바라보는 람파드 백작을 바라봤
다. 그의 눈동자는 광기로 물들어가고 있었다. 어떻게 해서든
결말을 내고야 말겠다는 그런 광기 말이다.

"병력을 5천씩 쪼개고 세 부대를 전진 배치시킨다."

"명!"

적이 발각된다면 단박에 에워싸려는 수단이다. 멀리 먼지
구름이 보인다. 그에 람파드 백작은 회심의 미소를 떠올렸다.
예상한 바다. 지금의 후퇴는 아군을 끌어내기 위한 수단이었
음을 알려주고 있다.

그가 이렇게 과감하게 1만이라는 병력을 미끼로 내어줄 수
있던 것은 이곳이 평원이기 때문이었다. 어디에도 숨을 곳이
없다. 때문에 조금만 주의한다면 적을 손쉽게 발견할 수 있었
다.

비록 남부군이 이 엘레크 평원의 몇 안 되는 언덕과 같은 곳을 이용해 병력을 숨기기는 했지만 그 역시 이미 예상하고, 보고받은 바가 있지 않은가? 그에 람파드 백작은 명백하게 자신의 생각이 맞아들었음을 깨달았다.

그러하기에 회심의 미소를 떠올리고 있는 것이다. 또한 부관인 밀너 자작이나 참모장 나바스 자작 역시 그의 의견에 반하지 않았다. 미끼라고는 하지만 반전되어 포위한다면 적의 내부를 부술 송곳이 될 테니까.

*     *     *

"무어라? 기다리라고 전하지 않았던가?"

"엘레크 평원을 점령한 병력이 고작 5만입니다. 3만을 휘하에 둔 람파드 백작이라면 해볼 만하다고 생각했을 것입니다. 더군다나 사방이 탁 트인 엘레크 평원이라면 적들이 기습 작전을 사용하기도 힘들고 말입니다."

"끄응, 도대체가……."

말도 안 된다는 듯이 머리를 부여잡은 카베요 후작이다. 하지만 한편으로는 이해가 되었다. 람파드 백작이라면 충분히 그럴 만한 능력이 있었다.

남부군 쪽에서 기사전을 걸었다 하더라도 그에 맞게 대응하면 그만이었다. 자중하면서 기다리면 되는 것이었다. 보나 마나 뻔한 수작이지 않은가?

람파드 백작이 그것을 모를 리 없으리라 생각했다. 하지만 자신의 생각은 보기 좋게 빗나갔고, 람파드 백작은 남부군의 얄팍한 수작에 넘어간 것이었다.

그 이면에는 홀로 공을 세우고자 했던 욕심이 가장 크게 작용했으리라. 답답할 수밖에 없었다. 조금만 기다리면 함께 남부군을 일거에 패퇴시킬 수 있었는데 말이다.

"그들과 거리가 얼마나 남았나?"

"이틀거리입니다."

순간 카베요 후작은 불길한 생각이 머리를 스치고 지나감을 느꼈다.

"이거 혹시……."

카베요 후작의 시선을 받은 참모장 비지스 백작 역시 그 의미를 깨닫고는 얼굴을 딱딱하게 굳혔다. 하지만 이내 머리를 저었다.

"설마… 아닐 것입니다. 그 짧은 시간에 아군의 동태를 파악하고 각개격파를 생각해 낼 정도의 인물이 있을 리는……."

하지만 뒷말을 흐리고야 마는 비지스 백작이다.

"가능성은?"

"그 정도의 능력이 되는 이가 있다면 당연한 책략입니다."

"아무래도 대비를 해야겠군."

"하지만 가능성은 낮습니다."

"전장이라는 곳은 항상 최악의 상황을 상정해 두고 있어야 하는 것 아닌가?"

"하나……."

"그만! 이번에는 내 말을 따라주게."

"음, 알겠습니다."

결국 자신의 고집을 꺾은 비지스 백작이다. 하지만 여전히 그는 주군이 과잉 대응하고 있다고 생각했다. 현재 엘레크 평원을 점령한 남부군의 병력은 5만.

하지만 람파드 백작이 3만, 자신의 주군이 이끄는 병력이 5만이니 북부군은 총합 8만이다. 거기에 코스발트에 견고하게 방어 진지를 구축한 본대까지 합류하면 총 10만 정도의 병력이 엘레크 평원에 투입되었다.

총 40만의 병력 중에 10만이 투입된 것이다. 그것을 고작 5만으로 막아낼 수는 없을 것이다. 거기에 또 하나의 맹점이 있었는데 지속적인 병력과 물자의 보급이 어렵다는 점이다. 때문에 득보다는 실이 더 많은 전투라 할 수 있었다.

아무리 각개격파라고 해도 병력의 손실이 없을 수는 없는 법. 지금까지 남부군을 이끄는 남 카테인 왕국 국왕의 행적으로 보아 절대 행하지 않을 무모한 작전이었다. 그래서 비지스 백작은 카베요 후작의 대응을 과잉 반응이라고 판단한 것이다.

하나 한 번 결정한 일은 후회하더라도 결코 바꾸지 않는 카베요 후작이기에 더 이상 어떤 조언을 하기는 어려웠다.

그리고 자신이 섬기는 주군이 올바르지 않은 길로 간다면 목숨을 걸고 올바른 방향으로 돌리겠지만 이것은 결코 나쁘지 않은 길이었으니 굳이 고집을 세울 필요가 없었다.

'견고하게 나아가는 것도 나쁘지 않지.'

그렇게 사주경계를 철저히 하며 행군을 시작하자 그렇지 않아도 대규모 병력으로 인해 이동 속도가 늦어진 상황에서 행군 속도는 더욱더 늦어지고 있었다.

*     *     *

"추격하라! 한 놈도 살려 보내지 마라!"

벤틀리 자작은 눈에 불을 켜고 맥그로우 공작을 쫓았다. 그는 이미 분노가 머리끝까지 치밀어 상대가 무슨 수작을 부릴지 모른다는 생각을 할 수 없을 정도로 이성이 마비된 상태였다. 그는 오로지 겁에 질려 도망가는 적을 쫓는 것만이 중요했다.

맥그로우 공작은 정신없이 달리는 와중에도 뒤를 흘깃 쳐다보며 적과의 간격을 살폈다. 그러다 자신의 옆을 따르는 부관에게 살짝 고개를 끄덕여 보였고, 부관은 곧바로 말머리를 돌렸다.

그에 일단의 병력이 부관을 따라 빠져나갔다. 5천의 병력 중 3분의 1에 해당하는 병력이 빠져나갔다. 그리고 빠져나간 병력만큼 새로운 병력으로 교체되었다. 그것이 엘레크 평원의 야트막한 언덕에서 벌어진 첫 번째 전략이었다.

두 번째 야트막한 언덕을 회전할 때 또다시 3분의 1에 해당하는 병력이 빠져나가고 그만큼의 새로운 병력으로 채워졌다. 그러기를 세 번, 세 번의 회전과 세 번의 교체. 여전히 선두에는 백색의 풀 플레이트 메일을 입은 여기사가 5천의 병력을 이끌고 있었다.

"후욱! 후욱!"

남부군을 쫓고 있던 벤틀리 자작은 점점 힘겨워짐을 느꼈다. 그런데 어떻게 된 일인지 저들은 전혀 지친 기색을 보이지 않고 있었다.

아무리 평원이라고는 하지만 전력으로 도망치는 만큼 분명 체력이 소진될 것이었으나 그들은 전혀 지친 기색이 없이 마치 자신들에게 쫓아오려면 쫓아와 보라는 듯 완급을 조절해 가면서 자신들을 유인하는 것처럼 보였다.

그래서 더 짜증나고 분노가 치밀었다. 도대체 자신을 얼마나 가볍게 보았으면 도망가는 입장에서 마치 약 올리듯 자신들을 유인하느냔 말이다.

"후욱! 너무 깊지 않습니까?"

곁에 있던 부관이 거친 숨을 내쉬며 말했다. 순간 벤틀리 자작은 마상에서 뒤를 바라봤다.

'본대가 보이지 않는다!'

자신이 가진 병력은 고작해야 1만. 추적이 효과를 발휘하기 위해서는 2만의 본대의 힘이 절대적이었다. 저들이 저렇게 꽁무니가 빠져라 도망가는 것은 역시 본대의 그림자 때문일 것이다.

'아차!'

자신이 흥분했음을 깨달았다. 하나 그것을 깨달았을 때는 이미 늦었다. 도망치기 바쁘던 적이 갑자기 너른 들판을 통해 반전을 시도하고 있었기 때문이다. 이미 후퇴할 수 없는 상황, 그렇다면 적이 반전하는 시점이 가장 취약한 때.

"전속 돌격하라!"

"우와아!"

벤틀리 자작의 외침에 병사들은 거친 함성을 질러대며 돌격해 들어갔다. 떨어져 도망치던 남부군과의 거리가 단박에 줄어들었다. 그리고 반전을 꾀하는 남부군의 허리를 자르려는 그 순간이었다.

"우와아아아!"

"죽어라!"

"돌겨억! 돌격하라!"

벤틀리 자작이 이끄는 북부군의 후미에서 거친 함성이 터져 나왔다. 그에 벤틀리 자작은 화들짝 놀라 급히 말을 멈춰 세웠다. 그가 바라보는 그곳에 백색의 풀 플레이트 메일을 입고 은백색의 긴 머리카락을 휘날리며 클레이모어로 마치 짚단 베듯 병사들과 기사들을 베어 넘기고 있는 여기사가 보였다.

"어, 어떻게!"

반전하는 곳에도 백색의 여기사가 있었다. 그리고 후미에도 백색의 여기사가 있다. 그러다 문득 반전하는 곳에서 모습을 드러내는 백색의 여기사가 어딘가 어색하다는 것을 깨달았다.

자신이 분노해 그저 외형만 보았을 뿐 진실한 모습을 보지 못했다는 것을 깨닫는 것은 그야말로 순식간이었다.

'속았구나!'

그리고 그런 그의 생각을 너무나도 잘 알고 있다는 듯이 걸걸한 목소리가 그의 청각을 자극했다.

"크하하하! 진짜 속을 줄이야!"

벤틀리 자작의 시선이 반전을 마치고 자신의 부대를 향해
쇄도해 오고 있는 적군을 바라봤다. 그 선두에는 백색의 풀
플레이트 메일을 입은, 아니, 그저 병사들이나 입는 레더 메
일에 백색을 칠한 거구의 사내가 보였다.

그에 벤틀리 자작의 얼굴이 보기 싫게 일그러졌다.

'저 간단한 위장조차도 파악하지 못하다니.'

그는 자신의 실책을 통감했다. 정말 간단했다. 기본적으로
남성과 여성의 골격은 상당히 차이가 있다. 자신이 쫓던 백색
의 여기사는 상당히 호리호리한 편이었다. 하나 마상에 있다
는 점과 추격전이라는 점.

그리고 결정적으로 거리가 멀고 분노에 사로잡혀 있어 다
른 점을 파악하지 못했다.

"네놈! 죽인다!"

벤틀리 자작의 입술을 비집고 살기 어린 음성이 쏟아져 나
왔다.

"누굴? 나를?"

먼 거리임에도 불구하고 엉성하게 맥그로우 공작으로 분
장하고 있는 자가 답해왔다. 그런데 이상한 것이 그의 목소리
가 명확하게 벤틀리 자작의 귀에 들렸다. 하지만 벤틀리 자작
은 그런 것을 신경 쓸 겨를이 없었다.

"우와아악!"

그는 분노로 인해 함성을 내지르며 사내를 향해 달려 나갔다. 그에 그 사내 역시 벤틀리 자작을 향해 마주 달려왔다. 둘의 간격이 급격하게 좁혀들었다. 그리고 그제야 벤틀리 자작은 상대방을 정확하게 볼 수 있었다.

가까이에서 본 그는 맥그로우 공작과는 전혀 다른 체구를 가지고 있었다. 무기 또한 마찬가지였다. 클레이모어와 비슷한 양손검이지만 처음 보는 형식의 검이었다.

'어찌 저런 자를……'

기도 안 차는 벤틀리 자작이었다. 자신의 실책이 이렇게 뼈 아프게 다가올 줄은 몰랐다.

까득!

분노에 찬 벤틀리 자작이 이를 거칠게 갈아붙였다.

"이빨 상한다. 뭐 이제 곧 죽을 거라 사용할 데도 없겠지만 말이다."

자신을 조롱하듯 들려오는 목소리.

"놈! 죽엇!"

벤틀리 자작은 그 말을 듣는 순간 눈이 돌아갔다. 그렇지 않아도 저런 사내와 맥그로우 공작을 헷갈린 자신에 대해 통탄하고 있었는데 사내의 말은 그런 자신에게 기름을 들이붓는 것과 다름없었기 때문이다.

벤틀리 자작은 마상 장검을 거침없이 휘둘렀다. 이 일격에 모든 것을 끝내고 적장의 목을 검 끝에 꽂아 높이 들고 전장에서 포효하고 싶었다. 자신의 실수를 단번에 반전시킬 그런 꿈을 꾸면서 말이다.

'어?'

하나 다음 순간 벤틀리 자작의 눈이 휘둥그레졌다. 방금 전까지 자신의 눈앞에 존재하던 보기 싫은 적장이 없어진 것이다.

그리고 목 언저리가 따끔했다.

'무슨……?'

그런 생각이 든 순간 벤틀리 자작은 갑자기 눈앞이 캄캄해지는 것을 느꼈다.

'죽… 음?'

그것이 그가 생각한 마지막 단어였다.

툭!

그의 목이 신체에서 분리되었다. 그것을 바라보던 전신을 백색으로 회칠한 키튼이 무감정하게 벤틀리 자작의 목을 쯔바이한더 끝에 꽂은 후 포효했다.

"적장의 목이 여기 있다! 항복하라! 항복하면 살 것이다!"

키튼의 거친 포효에 남부군에 포위되어 저항하던 북부군의 얼굴에 암울한 빛이 떠올랐다. 하지만 결정해야만 했다. 장렬하게 산화하느냐, 아니면 항복하느냐를 말이다. 물론 그런 고민은 병사들의 몫이 아닌 기사나 귀족들의 몫이었다.

병사들은 일말의 고민도 없이 손을 번쩍 들어 올렸다.

'다 똑같은 카테인 왕국인데, 뭐.'

그들에게는 충성이나 명분보다는 자신의 목숨이 더 중요했다. 같은 카테인 왕국 사람인데 굳이 적이 될 필요는 없었던 것이다.

"항복하는 자! 내 검에 죽을 것이다!"

하나 귀족이나 기사들은 달랐다. 그들에겐 명예가 있고 명분이 있었다. 그러하기에 항복할 수 없었다. 끝까지 싸워야만 했다.

"이놈들! 컥!"

항복하려는 병사를 향해 검을 휘두르려던 기사가 갑자기 동작을 멈췄다. 그는 믿을 수 없다는 듯 자신의 가슴을 내려다보았다. 기사의 가슴에는 날카롭게 벼려진 창이 삐죽하게 솟아 나와 있었다.

"같은 왕국 사람들끼리 싸워서 뭐가 좋다고."

나직한 목소리가 들려왔다. 하나 기사는 결코 고개를 돌릴 수 없었다. 이미 절명했기 때문이다.

쑤욱!

기사의 심장을 관통한 창이 쑥 빠져나갔다. 창을 빼낸 자는 바로 키튼이었다.

"저 뒤로 가."

그가 무심하게 말했다. 그에 병사는 멍하게 그를 바라볼 뿐이다. 그런 병사를 보며 다시 입을 여는 키튼이다.

"어쨌거나 이 내전이 끝날 때까지는 고향으로 돌아가기 힘들어. 그리고 같은 왕국 사람을 더 많이 죽여야 할지도 모르고 말이야. 그래도 어쨌든 살아야 고향으로 갈 수 있을 것 같지 않나? 그러려면 체력을 비축해야지."

누구에게 말을 하는지 모를 일이다. 하지만 그의 말에는 뜻 모를 씁쓸함이 배어 있었다. 그렇게 맥그로우 공작을 추격하던 북부군은 천오백 명이라는 경미한 전사자를 남기고 모두 항복했다.

한편, 벤틀리 자작을 미끼로 내어주고 마치 토끼몰이 하듯 뒤따르던 람파드 백작은 무언가 일이 잘못 흘러가고 있음을 느꼈다.

"회군을 명하게!"

"명!"

곧바로 회군을 알리는 전고와 뿔나팔이 울렸다. 하나 벤틀리 자작은 그것을 무시했다. 그럴 수밖에 없었다. 거리가 너무 멀었던 것이다.

'당한… 것인가?'

순간 람파드 백작의 뇌리를 스치고 지나가는 생각. 그는 곧

바로 진군을 멈추고 방진을 형성했다. 상당히 기민한 움직임이라 할 수 있었다. 하나 상대는 결코 자신들을 그냥 놔둘 생각이 없는 듯싶었다.

퍼억!

갑자기 명령을 내리던 귀족 중 한 명의 머리가 홱 돌아가더니 사방으로 피가 튀며 머리가 터져 나갔다. 일순간 모든 이가 그대로 굳었다. 이게 무슨 귀신이 곡할 노릇이란 말인가?

멀쩡한 사람의 머리가 터져 나가? 잠시 동안 얼어붙어 있던 기사들은 불안한 기색으로 사방을 둘러보면서 득달같이 귀족들을 보호하기 위해 그들을 에워쌌다.

하지만.

퍼억!

또 한 명의 귀족이 당했다. 그에 귀족들은 본능적으로 고개를 숙이고 말 아래로 몸을 감췄다. 그것은 정말 본능이었다. 보이지 않는 적에 대한 두려움이다. 빠르게 기사들이 에워싸서인지 병사들은 지휘부에서 일어난 상황을 알지 못했다.

람파드 백작은 여전히 말 위에서 내려오지 않고 있었다. 실상 그도 말 아래로 몸을 피하고 싶었지만 도저히 그럴 수가 없었다.

그런데 적은 자신을 목표로 하고 있지 않은 듯했다. 자신의 양옆에 있는 자가 죽었으니까.

하지만 단 두 명이라고 하기에는 너무나도 뼈아픈 죽음이었다. 죽은 이는 바로 부관인 알렉산다르 밀너 자작과 참모장인 파블로 나바스 자작이었으니까 말이다.

심장이 빠르게 뛰었다. 아니, 빠른 정도가 아니라 주체할 수 없을 정도로 미친 듯이 뛰었다.

얼굴은 창백하게 변해갔고, 등허리에는 싸늘한 식은땀이 축축하게 흘러내리고 있다. 어떤 생각도, 어떤 명령도 내릴 수 없었다. 말고삐를 잡은 람파드 백작의 새하얗게 변한 손이 덜덜 떨려왔다.

'도, 도대체⋯⋯.'

그의 시선이 사방을 훑었다. 그 순간이었다.

퍼억!

또 한 번 수박 깨지는 소리가 들려왔다. 람파드 백작의 시선이 느릿하게 그곳으로 향했다.

'쥬시페르 자작!'

다른 귀족들과 달리 자신과 같이 하마하지 않은 유일한 귀족, 선봉을 맡고 있는 용장인 그의 머리가 터져 나가며 죽었다.

비현실적인 상황이 연속되고 있었다. 그에 입안의 침이 한꺼번에 증발되어 버린 것 같았다.

"⋯각하!"

멀리서 누군가 자신을 부르는 것 같다.

"…령관 각하!"

다시 들려오는 목소리.

"사령관 각하!"

"어? 아!"

그제야 정신이 돌아온 람파드 백작.

꿀꺽!

그는 자신도 모르게 마른침을 삼켰다.

수많은 전장을 돌아다녔다. 하지만 결코 지금과 같은 경우는 단 한 번도 없었다. 공포가 전신을 짓누르고 있다. 손가락 하나, 눈썹 한 올도 제대로 움직일 수 없었다.

"위, 위험합니다."

누군가 그를 말 아래로 끌어내리려 했다. 하지만 람파드 백작은 말 아래로 내려갈 수 없었다.

보이지 않는 적은 자신이 말 아래로 내려가면 반드시 죽을 것이라는 듯 자신을 제외한 다른 이를 제거하고 있었다. 그래서 더 꼼짝할 수 없었다.

다른 이들은 보이지 않는 적을 피해 말 아래로 몸을 숨기고 있음에도 불구하고 홀로 말 위에 앉아 병력을 지휘하는 그의 모습에 그가 진정한 귀족이고 진정한 사령관이라고 생각하며 존경의 염을 담은 눈초리를 보내고 있었지만 그는 그런것이 전혀 아니었다.

그는 극심한 공포에 기사들과 귀족들의 그런 눈초리조차 제대로 인식하지 못하고 있었다. 그때였다. 그들의 귓가로 아스라이 들려오는 소리가 있었다.

"우와아아!"

그것은 마치 환청과도 같았다. 느릿하게 아스라이 들려오는 소리, 그리고 웅성거리는 소리. 정신을 차렸을 때 람파드 백작은 자신이 포위당했다는 것을 알 수 있었다.

"이게 무슨……."

할 말이 없었다. 단 세 명이 죽었을 뿐이다. 그런데 너무도 허무하게 무너져 내리고 있었다.

'도대체 무엇이었을까?'

상상조차 할 수 없는 거대한 무엇이 자신을 짓누르고 있는 것이다. 그러는 와중에 자신의 병력을 둘러싼 곳에서 한 명의 기사가 말을 몰아 앞으로 나왔다.

"28대 카테인 왕국의 국왕 카이론 에라크루네스라 한다."

"뭐?"

정신이 번쩍 들었다. 일국의 국왕이 직접 전선의 선두에 서다니. 소문으로 듣기는 했다. 하지만 항상 부풀려지게 마련인 게 소문이기에 믿지 않았다. 한데 진정이었다. 진정으로 일국의 국왕이 직접 병력을 이끌고 모습을 드러내었다.

"항복한다면 받아주겠다."

"허어~"

항복하면 받아주겠단다. 마치 선심 쓰듯이 말하는 카이론이었다. 그에 모두의 시선이 람파드 백작에게로 향했다. 그제야 정신을 차린 람파드 백작이 말했다.

"말 같지도 않은 소리!"

"하긴, 말 같지도 않기는 하지."

"뭐?"

람파드 백작의 말에 선선히 수긍하는 카이론에 당황하는 람파드 백작이었다. 그는 순간 얼빠진 표정이 되었다.

"그런데 말이야, 아무리 그래도 과인은 일국의 국왕인데 말이야, 막돼먹은 귀족이 일국의 국왕에게 예의 없이 답하는 것은 참으로 마음에 들지 않는단 말이지. 우리 카테인 왕국에는 그런 귀족이 없거든."

"감히……."

"쯧. 하여간 귀족들의 자존심이란."

"뭐라?"

카이론의 말에 람파드 백작이 노호성을 터뜨렸다. 그는 이미 조금 전의 공포를 잊어버리고 있었다. 그럴 수밖에 없는 것이 병력이 포위된 순간부터 더 이상의 죽음은 없었기 때문이었다.

그리고 순간, 람파드 백작은 위기감이 고조되었다.

'여기서 멈추면 모든 것이 허물어진다.'

그랬다. 자신의 모든 것이 허물어질 것이다. 병력도 엇비슷하니 잘만 하면 승부를 볼 수 있을 것 같았다.

"말로만 하지 말고 와봐!"

마치 동네 양아치같은 카이론의 언행에 어느새 람파드 백작은 말을 몰아나가고 있었다.

"죽여주마!"

자칫 잘못하면 전면전이 될 가능성이 높은 상황이었다. 하지만 카이론은 교묘하게 상대방을 자극하여 기사대전의 상황을 만들어 냈다.

두 사람의 말이 마주 달려 나갔다. 지금 람파드 백작은 어떻게든 상황을 반전시키려 하고 있었다. 그래서 카이론의 기사대전을 받아들인 것이다.

하지만 그것은 옳은 선택이 아니었다. 카이론에 대한 소문을 모두 확인했다면 말이다. 그리고 모두 사실이라고 가정했다면 말이다.

그러나 이러한 것들 모두 카이론의 교묘한 격장지계에 의해 의식 아래로 가라앉은 상태. 지금은 오로지 하나, 오롯한 귀족으로서의 자존심을 지켜내는 것이 그 무엇보다 중요했다.

마주 달려가며 두 사람의 무기가 부딪쳤다.

쯔어어엉!

기이한 울림이 일었다. 그 울림과 함께 람파드 백작의 눈이 찢어질 듯 부릅떠졌다. 그는 선명하게 볼 수 있었다. 단단하기 그지없는 자신의 검, 몇 백 번을 바위에 부딪쳐도 이 하나 나가지 않은 자신의 검이 갈라지는 것을 말이다.

마치 검으로 치즈를 자르듯 손쉽게 검이 잘려 나가고 있었다.

촤아앙!

검이 잘려 나가는 날카로운 소리가 그의 귓가를 때렸다. 하지만 카이론의 언월도는 여전히 멈추지 않았다.

람파드 백작은 자신의 목을 노리고 다가오는 카이론의 언월도를 바라봤다.

'피, 피해야 한다.'

하지만 피할 수 없었다. 빤히 보고 있음에도 불구하고 몸은 이미 자신의 통제를 벗어난 듯 꿈쩍도 하지 않았다.

따끔!

순간 목이 따끔한 느낌이 들었다. 그리고 그는 자신의 목에서 뿜어져 나오는 핏물을 볼 수 있었다.

'이게… 아닌데…….'

그 생각과 함께 세상이 온통 새까매졌다.

툭!

카이론의 시선은 떨어져 내리는 람파드 백작의 목을 보고 있지 않았다. 오연하게 포위된 북부군을 바라보고 있었다.

"카테인 왕국의 제28대 국왕으로서 명령한다! 항복하라!"

항거할 수 없는 울림이 평원으로 퍼져갔다.

툭, 투둑.

그에 자신도 모르게 무기와 방패를 떨어뜨리고 무릎을 꿇는 북부군.

"허어~ 저 양반, 이제는 집단 최면술까지 쓰네? 마법사야?"

그 중요한 순간에 어느새 돌아왔는지 키튼의 나직한 목소리가 근엄한 자세로 홀로 2만의 병력을 굴복시키고 있는 카이론의 귀에 들려왔다.

빠직!

그의 가려진 헬름 속에 또렷하게 혈관 마크 하나가 아로새겨지고 있다.

"들으셨을 겁니다."

"멀잖아."

"거리가 문제겠습니까? 출전하기 전 저도 들었습니다만."

맥그로우 공작의 말에 키튼의 얼굴이 흑빛으로 변해갔다. 그랬다. 맥그로우 공작은 최상급임에도 자신이 그녀에 대해

말을 한 것을 들었다. 하물며 자신보다 한참 윗줄인 카이론이
못 들을 리 없었다.

"염병, 망할 놈의 주둥아리."

키튼은 스스로 가볍디가벼운 자신의 주둥아리를 쥐어박았
다.

# 제3장

내분 I

“연락은?”

“통신이 되지 않고 있습니다.”

“크흠, 전투 중인가?”

“그럴 가능성이 높습니다.”

카베요 후작의 얼굴이 딱딱하게 굳었다. 그의 곁에 있는 부관 자발레타 자작이나 참모장 버지스 백작 역시 마찬가지였다. 상황이 안 좋게 흘러가고 있는 것이다. 적이 아무리 5만 정도밖에 안 된다고는 하지만 결코 방심해도 되는 상대는 아니었다.

그런데 독단으로 적과 교전에 들어가고 있었다. 이것은 적이 의도하는 대로 흘러가고 있다는 것이다. 남부군의 입장에서 적을 모으기보다는 분산해서 격파하는 것이 정석이니까 말이다.

그리고 아무리 전투 중이라고 하지만 통신까지 두절될 정도라면 그 상황이 좋지 못하다는 것을 의미했다.

본대까지 전투에 참여한 것이다. 급조한 야전 막사에 침묵이 감돌았다. 그들이 할 수 있는 일이라고는 기다리는 일밖에 없었다. 전력으로 달려간다고 해서 그들을 구원할 수 있는 것도 아니기 때문이다.

그러기를 얼마나 지났을까? 야전 막사의 중앙에 놓여 있는 탁자 위의 통신 수정구가 가볍게 진동하기 시작했다. 그에 대기하고 있던 통신 마법사가 급히 수정구에 마나를 불어 넣었다.

후우우웅!

허공에 영상이 맺혔다. 하나 허공에 맺힌 영상은 그들이 알고 있는 자의 얼굴이 아니었다.

"누… 구냐?"

카베요 후작의 목에서 갈라진 목소리가 흘러나왔다.

통신 수정구는 지휘부가 아니면 통신이 불가능했다. 그리고 부대장과 부대장과의 통신은 전용 마법사가 있어 그 마법사의 파장과 맞아야 통신이 가능했다.

그 말은 부대장과 전용 마법사가 아니면 결코 서로 통신이 되지 않는다는 것이다. 그런데 그 부대장 전용 통신망에 다른 이의 얼굴이 보인 것이다. 이것은 무엇을 의미하는 것인가?

'죽었거나 사로잡혔다.'

또한 패배했다는 것을 의미했다.

[카테인 왕국의 제28대 국왕인 카이론 에라크루네스.]

"헙!"

당황한 목소리가 튀어나왔다. 설마 남 카테인 왕국의 국왕이 직접 통신을 넣을 줄은 몰랐기 때문이다.

[놀랐나?]

"놀랐소."

카이론의 물음에 카베요 후작이 솔직하게 답했다. 그런 카베요 후작을 심유한 눈동자로 바라보던 카이론이 다시 입을 열었다.

[카베요 후작이라고 했던가? 지금까지 보아온 귀족들과는 조금 다르군.]

"뭐가 다르다는 것이오?"

[주제도 모르고 욕심만 많은 자들이었지.]

"그 말은……."

[귀족들이란 다 그래. 자신들만이 이 모든 것을 해결할 수

있다고 생각하지. 그래서 언제나 병사들을 죽음으로 몰아넣지. 그러고도 자신이 불리해지면 병사들을 닦달하고 자신들은 쏙 빠져나가지. 이유를 들어보면 일군을 이끄는 자가 어찌 목숨을 가벼이 할 수 있느냐고 하더라고.]

"그야……."

달리 할 말이 없었다. 하지만 뭔가 반박해야겠다는 생각이 들었다. 그렇지 않으면 자신 역시 상대의 말을 인정하는 꼴이 되니 말이다.

상대의 말을 인정한다는 것은 상대방과의 기싸움에서 밀리는 것과 다르지 않았다.

이런 통신 역시 전쟁의 일부이다. 누가 기선을 잡느냐의 문제였다. 그 순간 카베요 후작은 자신이 이미 지고 들어가고 있다는 것을 느꼈다. 카이론의 말이 맞든 틀리든 간에 자신은 지지 말아야 했다.

하나 카이론은 그가 대답할 틈을 주지 않았다.

[한마디로 개 같은 소리지. 귀족들이 모르는 것이 있는데, 자리가 사람을 만든다는 말이 있어. 평민도 그 자리에 앉혀놓으면 지휘관 역할을 할 수 있지. 단지 시간이 걸릴 뿐. 한데 귀족들은 그 시간을 아깝게 허비하고 있어.]

"귀족을 부정하는 것이오?"

드디어 그가 입을 열어 한마디 했다. 귀족을 부정하는 국왕이라니. 이 시대에 있을 수 없는 일이었다. 그런 카베요 후작의 말에 카이론이 살짝 웃음을 떠올렸다.

[부정하는 것이 아니지. 정신 차리라는 말이다. 한마디 묻지.]

"물으시오."

[과연 평민이 없으면 귀족은 어떻게 될까?]

"그것이 무슨 말이오?"

[이해 못했나? 그대들이 발톱의 때만큼도 여기지 않은 노예나 평민들이 존재하지 않는다면 과연 귀족이 존재하고 왕국이 존재할 수 있느냐고 묻는 것이다.]

"그것은……."

말문이 막혔다. 물론 그에 대한 답이 없는 것은 아니었다.

'또 다른 평민과 노예가 생기겠지.'

없다면 만드는 것이 귀족이었다. 그러니 평민이나 노예가 없어질 수 없었다. 귀족들은 절대 자신의 권력을 놓으려 하지 않으니까 말이다.

둘은 한동안 말이 없었다. 그의 물음에 야전 막사에 있던 모두는 침묵할 수밖에 없었다.

평소 생각해 보지 않은 문제였다. 그런데 남부의 왕이 그리 말하자 조금, 아니, 많이 달리 생각되었기 때문이다. 하지만 긍정적이라기보다는 부정적인 면이 더 강했다.

"저런 말도 안 되는……."

"어찌 일국의 국왕이 그런 참람한 말을……."

"있을 수 없는 일이오!"

몇몇의 귀족과 기사가 분노성을 터뜨렸다. 하나 카베요 후작은 여전히 냉랭한 표정을 짓고 있었다. 그저 영상으로 대화를 할 뿐이건만 카이론은 기사들과 귀족들을 분노하게 만들고 있었다.

"감히 남부의 국왕이라고 사칭하는 네놈은 누구이냐? 도저히 일국의 국왕이라는 자의 발언이라고는 상상조차 할 수 없구나!"

그때 카랑카랑한 목소리가 들려왔다. 그에 모두의 시선이 그에게로 향했다.

그는 나이 60에 이르렀음에도 불구하고 영지의 병력을 끌고 남 카테인 왕국 정벌에 참여한 오게모의 백작 체사레 크루소였다.

[누군가?]

"오게모의 체사레 크루소 백작이다."

[싸가지 없군.]

"……."

카이론의 말에 순간 야전 막사가 조용해졌다.

[아무리 백작이라고 하지만 사령관이 허심탄회하게 대화하

고 있는데 중간에 끼어드는 것은 또 무슨 경우인가?

"가, 감히……."

카이론의 말에 겨우 정신을 차린 크루소 백작이 차마 말을 잇지 못하고 주먹을 부들부들 떨며 떠듬거렸다.

[감히? 감히라… 웃기는군. 본왕이 떨어져 있다 해서 겨우 일개 백작에게 모욕당할 정도인가? 북부의 귀족들은 다들 그렇게 무식한가? 어디서 배워먹지 못한 행동인가? 지금 나는 그대들의 수장인 스테판 카베요 후작과 통신하고 있는 것으로 알고 있는데 말이다.]

이 말이 끝남과 동시에 카이론은 공간을 격하고 진득한 살기를 뿜어내기 시작했다. 그리고 그 살기는 한 사람에게 집중되고 있었다.

"으, 으어어……."

크루소 백작의 얼굴이 창백해졌다. 그는 몸도 제대로 건사하지 못하고 있었다.

'마, 말도 안 된다. 어찌…….'

'있을 수 없는 일이다. 어찌 공간을 격하고 살기를 내뿜을 수 있단 말인가?'

기사들과 귀족들은 눈앞에서 벌어지는 형언할 수 없는 일에 벌린 입을 다물지 못했다.

하지만 그 누구도 나서서 크루소 백작을 카이론의 살기로

부터 구해주려 하지 않았다. 그리고 그들의 시선은 어느새 크루소 백작의 하반신으로 향해 있었다.

졸졸졸.

누런 액체가 흘러내리고 있다. 아무리 가볍게 입었다고는 하지만 기본적인 무장을 한 상태인데 시냇물 흐르는 소리가 들린다.

"그만 하시지요."

그때 카베요 후작이 나서며 카이론의 살기를 상쇄시키고자 했다. 하지만 카이론의 살기는 전혀 상쇄되지 않았다. 그런 카베요 후작을 보며 카이론이 살기 어린 미소를 떠올렸다.

'상쇄가 안 돼?'

카베요 후작은 살짝 눈살을 찌푸렸다. 람파드 백작과 전투가 있었다고 하면 몇 킬로미터 밖에 있음이 분명했다. 그러함에도 불구하고 자신이 펼치는 마나에 상쇄되지 않고 있다. 분명 있을 수 없는 일이었다.

카베요 후작은 더욱더 많은 마나를 쏟아 부었다.

그의 얼굴이 붉어지고 이마에 핏줄이 툭 불거질 즈음 마치 거짓말처럼 카이론의 살기가 사라졌다.

"으어어억!"

그에 꼼짝없이 살기에 묶여 있던 크루소 백작의 신형이 허물어지듯 쓰러졌다. 그럼에도 누구 하나 그런 그를 부축하는 이는 없었다.

"후욱!"

나직하게 숨을 내쉰 카베요 후작은 그런 귀족들의 모습에 인상을 찌푸렸다. 그에 그의 부관인 자발레타 자작이 쓰러진 크루소 백작을 일으켜 세웠다. 하나 크루소 백작은 여전히 정신을 차리지 못했다.

그를 부축한 자발레타 자작은 살짝 고개를 틀어 카베요 후작을 바라본 후 고개를 좌우로 저었다. 그에 카베요 후작은 침음성을 흘렸다. 하지만 여기에서 약세를 보일 수는 없었다.

"그래서 하고 싶은 말이 무엇이오?"

상황을 반전시켜야 했다. 통신을 받은 이상 무작정 끊을 수도 없었다. 상대는 일국의 국왕이다.

[항복해.]

"……!"

너무나도 간단한 말이다. 하지만 그 간단한 말 속에는 항거할 수 없는 어떤 힘이 담겨 있었다. 그것은 비단 카베요 후작만 느끼는 것이 아니었다. 이 야전 막사에 앉아 있는 모든 이가 느끼는 감정이었다.

"그게 지금 말이 된다고 생각하오?"

카베요 후작의 눈썹이 꿈틀거리며 그의 입에서 나직한 으르렁거림이 흘러나왔다.

[말이 안 될 이유는 또 뭐지?]

"귀족으로서 싸워보지도 않고 항복한다는 것은 치욕이요. 그 치욕적인 일을 본작에게 하라는 것이오?"

카베요 후작의 말에 피식 웃은 카이론은 여전히 무표정한 얼굴로 말했다.

[승리할 수 있다고 생각하나?]

"패배하지도 않소."

[버티면서 본대를 기다리는 것인가?]

"그, 그렇소."

정곡을 찌르는 카이론의 말에 살짝 놀란 표정을 지어 보인 카베요 후작은 이내 고개를 끄덕이며 동의했다. 자존심 상하지만 전장의 상황을 조금이라도 파악할 수 있는 자라면 충분히 판단할 수 있는 내용이었다.

[아직 모르나 보군. 람파드 백작과 아군이 전투를 시작한 지 겨우 하루도 지나지 않았다는 것을 말이야. 이 말은 그대들이 온다고 해서 달라질 것 없다는 말이 되기도 하고, 온다면 오히려 나는 쌍수를 들고 환영하고 싶군.]

"…그렇다 하더라도 항복할 수는 없소."

[그런가? 아쉽게 되었군. 말이 통할 줄 알았는데.]

"……."

카이론의 말에 카베요 후작은 말이 없었다. 하지만 날카롭게 빛나는 그 눈동자는 상대방을 서늘하게 할 정도였다.

마치 필생의 대적을 만난 듯 눈을 빛내고 있는 카베요 후작이었다.

카이론의 무력시위에 전혀 위축되지 않는 카베요 후작을 보며 카이론은 고개를 끄덕이며 말했다.

[무운을 빌지. 한마디 사족을 달자면 절대 평민이 없는 귀족이나 왕국은 있을 수 없다는 것이다.]

그 말과 함께 영상이 출렁이기 시작하더니 이내 흔적도 없이 사라졌다. 통신이 끝난 것이다. 하지만 이곳에 있는 그 누구도 함부로 입을 열지는 못했다. 진득한 정적이 야전 막사에 감돌았다.

"자, 이제는 어떻게 해야 할까?"

그러한 분위기를 다잡는 것은 역시 카베요 후작이었다. 하지만 누구 하나 선뜻 입을 열어 자신의 의견을 내는 이는 없었다. 그들은 아직도 카이론이 전해준 충격에서 벗어나지 못하고 있었다.

"아무 대책이 없는 것인가?"

"최선의 방책은… 방진을 구성하고 버티는 것입니다."

버지스 백작이 조심스럽게 입을 열었다. 모두의 시선이 그에게로 향했다. 카베요 후작은 결국 그럴 줄 알았다는 듯 고개를 끄덕였다.

"하나 적은 람파드 백작을 이겼다는 생각에 방심하고 있는 게 분명합니다. 이 상황에서 방어를 위한 방진을 짜고 저들을 막아내기만 한다면 국왕 전하께옵서 그리 좋게 보지는 않을 것입니다."

부관인 자발레타 자작이었다. 어느새 크루소 백작을 처리하고 막사로 돌아온 모양이다.

"그래서 선제공격을 하자?"

"그것이 타당하지 않을까 합니다."

자발레타 자작의 말에 호전적인 기사들과 공에 눈이 먼 귀족들은 고개를 끄덕였다

그런 그들을 보며 카베요 후작은 쓴 입맛을 다실 수밖에 없었다. 도대체 이들이 어떻게 병사들을 조련했는지 모를 일이었다.

물론 저들이 직접 병사들을 훈련시킨 것은 아닐 것이다. 휘하의 기사들을 시켰을 것이다. 그들의 입장에서 보면 병사들은 결코 고귀한 자신들이 나서서 훈련시킬 정도의 존재가 아니었다.

"불가합니다!"

자발레타 자작의 발언에 버지스 백작이 격하게 반응했다.

"지금이 아니면 기회가 없습니다."

답답하다는 듯이 자발레타 자작이 말했다. 하나 버지스 백

작은 완고하게 고개를 저었다.

"적의 병력 규모가 5만이네. 이미 한 번의 대승으로 병사들의 사기는 끝도 없이 올랐을 것이네. 거기에 국왕이 직접 그들을 이끌고 있네. 과연 그러한 적을 감당할 자신이 있는가?"

"그건……."

버지스 백작의 말에 자발레타 자작은 선뜻 말을 할 수 없었다. 그들은 최정예다. 국왕이 직접 이끌고 전장에 투입될 만큼 말이다.

그러한 그들을 상대로 전투를 벌인다? 솔직히 자신이 없었다. 하나 지금 그렇게 하지 않으면 다시는 기회가 없을 것 같기도 했다.

너무도 단단해 틈을 찾을 수 없는 상황에 아주 작은 틈을 찾았으나 그조차도 여의치 않음에 자발레타 자작은 잔뜩 인상을 쓰면서도 별다른 반론을 제기하지 못했다.

"난 솔직히 자신 없네."

"그런……."

버지스 백작의 말에 자발레타 자작은 물론이고 귀족들과 기사들 역시 해연히 놀란 얼굴을 해 보였다. 정국을 주도하지는 못하지만 전투에 있어서는 절대 나약한 소리를 하지 않던 버지스 백작이기 때문이다.

"하지만 방어만 하자면 그리 어려울 것은 없네."

그럴 만도 했다. 공격보다 몇 배는 쉬운 것이 방어니까 말이다. 우선 방어를 하면 더 이상의 진격은 없을 것이고, 적들이 진군해 올 동안 주변의 지형지물을 충분히 파악할 수 있어서 중요한 지점을 선점할 수 있었다.

"하지만 그 역시 시간이 촉박합니다."

하긴 그랬다. 람파드 백작이 전투를 벌인 곳은 지금 이곳에서 하루 반나절 정도의 위치이다. 시간이 촉박했다.

"이미 주둔지는 만들어졌고, 주변에 목책과 경계 탑을 더 세우고 준비를 강화하면 되네."

"그 역시……"

"되었다. 버지스 백작의 말대로 행한다. 전초는 자발레타 자작과 베버 자작이 담당한다. 이상!"

"명!"

카베요 후작의 말이 떨어짐과 동시에 지금까지의 모든 갑론을박이 종료되었다.

명이 떨어짐과 동시에 자발레타 자작과 베버 자작은 일군을 이끌고 진지에서 약 1킬로미터 정도 떨어진 지점에 견고한 목책을 쌓아 올리기 시작했다.

남부군이 진격해 온다면 절대 그 두 진지를 지나지 않고는 들어올 수 없도록 입구를 단단히 틀어막아야 했다. 적의 병력이 결코 많은 수가 아니기에 결국 둘로 갈라져서 전투를 치러야 할 것이고, 그러자면 반드시 틈이 벌어지게 마련이다.

그 틈은 남부군도 잘 알고 있을 것이니 함부로 진격해 들어오지 않을 것이다. 그러면서 그들의 압박을 견뎌내자는 것이다. 물론 모두가 카베요 후작의 말을 충실하게 이행한 것은 아니었다.

그 대표적인 예가 바로 베버 자작이었다. 그는 용감했다. 전투에 임함에 있어 후퇴라는 말이 필요치 않은 사람이었다. 전장에 나선 기사로서의 귀족은 전장에서 뼈를 묻어야 한다는 지론을 가진 자였으니까.

"도대체 이처럼 소극적인 명령이라니……."

분을 참지 못한 베버 자작은 연신 씩씩거리고 있었다. 그의 탁자 앞에는 전장에서는 금지되어 있는 독한 술이 놓여 있었다. 그것도 한두 병이 아니었다. 그리고 그것을 증명이라도 하듯이 그의 전신에서는 술 냄새가 풀풀 풍기고 있었다.

그가 술을 마신 이유는 아직 적과 조우할 시간이 남아 있었기 때문이다. 자신의 상관에게서 명을 받았으니 명을 수행해야만 했고, 함부로 어길 수는 없었다. 하지만 가슴속에 남아 있는 불만을 풀 길이 없었다.

평소 술을 좋아하여 말술을 자랑하는 그였으니 이까짓 술쯤은 문제도 아니라고 생각했을 것이 분명했다. 하지만 지금은 전투 중이었다. 언제 전투가 일어날지 모를 상황에서 술을 마시는 것은 있을 수 없는 일이었다.

"이게 대체 무슨 일입니까?"

"무슨 말인가?"

"지금은 전투 중입니다. 전투 중에 어찌 일군의 사령관이 술에 취할 수 있단 말입니까?"

"네놈이 감히……!"

그때 막사를 들어오며 한 귀족이 호통을 쳤다. 분명 그의 말에 틀린 구석이 하나도 없었으나 이미 거나하게 취한 베버 자작은 화가 머리끝까지 치밀어 올랐다.

"네놈이 감히 본작을 가르치려 드느냐?"

"정신 차리십시오. 이곳은 전장의 가장 중심이 되는 장소입니다."

"네 이놈! 밖에 누가 있느냐?"

그에 야전 막사의 문을 열어젖히고 두 명의 기사가 안으로 들어왔다.

"저놈을 끌고 나가 태형을 준비하라!"

"사령관 각하!"

그에 베버 자작에게 정신 차리라 간언한 귀족의 얼굴이 일그러졌다. 기사들은 그런 귀족의 양팔을 부여잡았다. 하나 귀족은 두 기사의 팔을 뿌리쳤다.

"놔라! 내 직접 가겠다! 하나 이 말은 꼭 해야겠습니다. 정

신 차리십시오. 사령관 각하의 한마디에 5천 병력의 목숨이
달려 있습니다."

"무엇들 하는가? 어서 형을 준비하라!"

술에 취해 거칠게 외치는 베버 자작의 모습에 몇몇의 귀족
은 얼굴을 딱딱하게 굳혔다. 베버 자작에게 노여움을 산 자는
바로 참모장으로 함께 온 쉰들러 남작이었다. 비록 남작에 참
모장이기는 하지만 기사나 병사들에게 상당히 두터운 신뢰를
얻고 있었다.

'이건 아니지 않은가?'

'옳은 말을 한 그를 왜?'

병사들과 기사들이 웅성거리며 인상을 찌푸렸다. 하나 화
가 머리끝까지 치민 베버 자작은 그것을 생각할 겨를이 없었
다.

'쯧쯧, 일군을 이끌 대단한 용장이나 술을 너무 좋아해
서……'

'저런, 저런. 그놈의 술이 원수로군.'

베버 자작을 아는 자는 눈을 질끈 감을 수밖에 없었다. 일
단 술을 마신 후의 베버 자작은 어떻게 할 수가 없었다. 술을
마시기 전과 후가 완전히 달라지는 그였다.

"감히 상관을 능멸한 쉰들러 남작에게 그 죄를 물어 태형
일백 대에 처한다!"

"헉!"

"무슨!"

태형 일백 대라니. 건장한 기사도 태형 스무 대를 견디기 힘들었다. 그런데 문신 귀족에게 태형 백 대를 가하겠다니 이 것은 죽으라는 말과 다르지 않았다.

이내 쉰들러 남작은 나무에 묶였다.

"아니 됩니다."

누군가가 그를 말렸다. 하나 그는 베버 자작을 둘러싸고 있는 기사들에 의해 제지당하고 말았다. 베버 자작은 그 누군가의 말은 귓등으로도 듣지 않고 벌거벗겨진 쉰들러 남작의 등을 향해 채찍을 내려쳤다.

쫘아아악!

핏물이 튀면서 쉰들러 남작의 등에 뱀과 같은 붉은 선이 생겨났다.

"크으음!"

순간 쉰들러 남작은 이를 악물며 고통을 참아냈다. 하지만 그것은 오히려 베버 자작의 심기를 더 자극하는 일이 되었다.

"오냐! 네놈이 언제까지 견디는지 보자꾸나! 이놈! 죽어 랏!"

쫘아악! 쫘아악!

피가 튀고 살점이 튀었다. 얼마를 휘둘렀는지 모를 일이다.

"헉! 헉! 지독한 놈! 치워라!"

그러다 어느 정도 분이 풀렸는지 들고 있던 채찍을 던지듯 버린 후 거칠게 돌아서 막사 안으로 들어가 버리는 베버 자작이다. 그가 들어가자 몇몇의 기사와 귀족이 나무에 묶인 쉰들러 남작을 향해 우르르 달려들었다.

"조심, 조심!"

"허어! 어찌 이런 일이……."

누군가 다급하게 나무에 묶인 쉰들러 남작의 팔을 풀고 축 처진 쉰들러 남작의 신형을 받아 들었다. 그러고는 조심스럽게 바닥에 누인 후 상태를 살폈다. 그러다 그자의 행동이 딱 멈추었다.

급격하게 어두워지는 얼굴. 그에 쉰들러 남작을 둘러싸고 있던 이들의 얼굴 역시 급격히 어두워졌다.

"서, 설마……."

"하아!"

누군가 한 명이 쉰들러 남작의 숨소리를 듣기 위해 코에 귀를 가져다 대었다. 다른 이는 손가락을 가져다 대고 심장 박동을 느껴보려 했다. 그들은 침묵했다. 피투성이가 된 쉰들러 남작. 앙상하게 마른 그의 몸은 싸늘하게 식어가고 있었다.

"망할!"

누군가 쉰들러 남작이 묶여 있던 나무 기둥을 주먹으로 쳤다. 한참이 지나서야 그들은 조심스럽게 쉰들러 남작의 사체를 수습하기 시작했다. 그 모습을 처음부터 끝까지 지켜보고 있는 이들이 있었으니 그들은 다름 아닌 5천의 병사였다.

적막에 휩싸인 채 깊은 밤이 흘러갔다. 그리고 새로운 아침이 밝았다. 하나 병사들의 모습에는 생기가 없었다. 그때 지휘관 막사의 베버 자작이 자리에서 일어나고 있었다.

"크으윽!"

머리가 깨질 것 같았다. 분을 이기지 못하고 술을 마시던 자신을 누군가 만류한 것까지는 기억이 나는데 그 후로는 기억이 나지 않았다.

그는 인상을 잔뜩 찌푸린 채 옆에 놓인 물을 벌컥벌컥 들이켰다.

"쉰들러 남작을 불러오게."

어느 정도 정신을 차린 베버 자작은 아침 조회를 열기 전에 쉰들러 남작을 먼저 찾았다. 하지만 명을 받은 기사가 우물쭈물하고 있다.

"명을 듣지 못한 것인가? 어서 쉰들러 남작을 불러와!"

"저어… 그게……."

"뭔가? 쉰들러 남작에게 무슨 일이 생긴 것인가?"

"기억이 나지 않습니까?"

"기억? 무슨 기억?"

순간 베버 자작은 불길한 느낌에 조심스럽게 물어볼 수밖에 없었다.

'설마……?'

그 불길한 느낌. 요 근래 들어 술을 마신 후 종종 기행을 일삼았고, 자신은 그것을 기억하지 못하고 있었다. 그런데 머뭇거리는 기사의 행동에 무언가 자신이 술김에 잘못한 것이 있을지도 모른다는 생각이 들었다.

"어제 그에게 태형 일백 대를……."

"뭐, 뭐라고?"

놀랄 수밖에 없었다. 아무리 대단한 기사라 할지라도 태형 일백 대는 견뎌낼 수 없었다. 하물며 문관인 그임에야…….

"그, 그래서 어떻게 되었나?"

목소리가 떨려 나왔다.

"죽, 아니, 돌아가셨습니다."

"……."

베버 자작은 그 자리에서 석상이 된 듯 굳어져 버렸다. 설마 술김에 쉰들러 남작을 죽게 할 줄이야. 실로 어처구니없는 일임이 분명했다. 그에 베버 자작은 한동안 정신을 차릴 수가 없었다.

"그게… 사실인가?"

"그렇습니다."

"허어~"

자신이 한 행동을 들은 베버 자작은 자책감에 두 손으로 머리를 감쌌다.

"어쩌자고⋯⋯."

평소 그가 마음에 안 든 것은 사실이었다. 사사건건 자신의 행동에 제동을 걸고 나섰으니까. 하지만 그러함에도 그를 곁에 계속 둔 이유는 그가 아니면 자신이 어디로 튈지 모른다는 것을 너무나도 잘 알고 있었기 때문이다.

그런데 그놈의 술이 문제였다. 자신도 언젠가는 터질 줄은 알았지만 설마 그 시기가 어제가 될 줄은 몰랐다.

"그래서⋯ 다들 어쩌고 있나?"

"그저 평상시대로⋯⋯."

"평상시대로?"

"그렇습니다."

"알았네. 나가보게."

베버 자작의 말에 기사는 군례를 올리고 막사를 벗어났다. 그런 기사를 바라보는 베버 자작이었다.

그도 알고 있었다. 절대 평상시대로 흘러가고 있지 않음을 말이다. 그러다 문득 이대로 있을 수는 없음을 깨달았다.

자신은 지금 최전방에 위치한 전투부대, 그것도 병력 5천에 달하는 규모의 부대를 지휘하는 사령관이다.

"가서 터너 남작을 불러오게."

"명!"

꿩이 없으면 닭이다. 어차피 벌어진 일, 그 일에 얽매여 있는 것도 문제였다. 그리고 솔직히 자신이 실수한 것은 맞지만 한편으로는 속이 시원했다. 그리고 이제부터라도 병사와 기사들을 다시 잘 다독이면 될 것이다.

하지만 모든 것이 항상 생각한 대로만 이루어지는 것은 아니었다. 쉰들러 남작이 죽은 이후 밤새 한숨도 자지 못한 귀족이 몇몇 있었다. 그중에는 병사들을 직접 지휘하는 유능한 기사들까지 포함되어 있었다.

"이 일은 절대 묵과할 수 없는 일이오."

"하나 전투부대에 있어서 사령관의 권한은 막대한 것. 베버 자작이 쉰들러 남작을 술김에 죽였다고는 하나 그에 대한 죄목을 만들면 그만이다. 상관의 명령 불복종이라든지 직무 유기 등 그가 만들어 뒤집어씌울 수 있는 죄목은 수십 가지요."

"그렇다고 이렇게 손놓고 보고만 있을 수는 없는 일 아니오?"

"하지만 현실적으로 우리가 할 수 있는 일은 없지 않소. 베버 자작의 성정에 우리가 몰려가 성토한들 받아들일 리 없지 않소."

"아마 그랬다가는 우리까지 모두 항명을 죄목으로 즉결 사형에 처할 것이오."

여기저기에서 이런저런 말이 터져 나왔다. 개중 유독 처음부터 단 한 마디도 하지 않는 이가 있었으니 바로 쉰들러 남작을 마치 아버지처럼 섬기던 스튜어트 남작이었다. 그는 지금 잔뜩 인상을 찌푸리고 있었다.

사실 이 중에서 가장 큰 분노를 터뜨려야 할 그였다. 그러나 마치 폭발을 앞둔 화산처럼 입을 꾹 닫고 여타 귀족들의 성토만 듣고 있었다.

"이보게, 스튜어트 남작. 뭐라고 말 좀 해보게."

순간 모두의 시선이 스튜어트 남작에게로 향했다. 그러함에도 스튜어트 남작은 별말을 하지 않았다. 모두의 시선이 그에게 따갑게 꽂혔다.

"내가… 무엇을 해야 한단 말입니까? 모든 권력은 베버 자작이 쥐고 있거늘."

"탄원이라도 해야 하지 않겠나? 평소 쉰들러 남작을 아비처럼 모시더니 권력이 무서워 꼬리를 마는 것인가?"

스튜어트 남작의 무기력한 모습에 크게 노호성을 터뜨리는 귀족. 다른 귀족이라고 다르지 않았다. 그들은 눈살을 있는 대로 찌푸리고 있었다. 평소 그를 제2의 아버지라 칭하며 자랑스러워하던 그다.

그리고 쉰들러 남작은 스튜어트 남작을 친자식보다 아꼈다. 그런데 저렇게 물에 빠진 생쥐 모양으로 나약한 모습을 보이니 평소 그를 아는 귀족들은 분통을 터뜨렸다.

"허어, 사람의 마음이란 진정으로 믿지 못할 것이로고. 내 스튜어트 남작을 그리 보지 않았거늘."

그러면서 그의 행동에 대해 따지고 들던 귀족은 자리를 박차고 일어났다.

그에 몇몇 귀족은 눈치를 볼 수밖에 없었다. 쉰들러 남작을 제외하곤 그가 가장 연장자였기 때문이다.

"뭣들 하는가? 저런 겁쟁이를 쉰들러 남작의 후계자라고 생각하는 것인가?"

"아, 아니, 뭐……."

그러면서 엉거주춤 자리에서 일어서는 그들이다. 그들은 조금은 미안한 듯 그 노귀족을 따라 막사를 벗어났다. 단지 단 한 명의 기사만이 막사에 엉덩이를 붙이고 앉아 조용히 차를 마시고 있다.

얼마의 시간이 지났을까? 문득 스튜어트 남작이 입을 열었다.

"자네는 왜 그 노귀족을 따라가지 않나?"

기사의 시선이 스튜어트 남작을 향했다. 기사와 귀족으로서가 아닌 오랫동안 알아온 친우로서의 물음이라는 것을 깨달은 기사가 입을 열었다.

"자네가 할 일이 있는 것 같아서 말이네."

"내가… 할 일?"

"내가 아는 조나단 스튜어트 남작은 목숨에 연연해 대의를 잊을 이가 아니거든."

기사의 말에 스튜어트 남작은 잠시 기사를 바라봤다. 그러다 고개를 저으며 말했다.

"노귀족을 따라가지 그랬나."

"난 친구를 두고 홀로 살려하는 재주는 없어서 말이네."

"고맙기는 하나 부담스럽군."

"난 진정으로 자네를 친구라 생각하는데 자네는 아닌가 보군."

"그 무슨 말을……."

"난 나와 같이 죽자고 하는 친구가 부담스럽지 않아서 말이네."

"허어, 허허."

기사의 말에 그저 웃어버리는 스튜어트 남작이다. 그의 허탈한 웃음은 공허하게 막사를 맴돌았다. 그러다 마침내 스튜어트 남작의 웃음이 뚝 끊겼다.

"난 귀순할 것이네."

"남부군에 말이지?"

"알고 있었나?"

스튜어트 남작의 말에 기사는 찻잔을 내려놓으며 고개를 끄덕였다.

"실제 지금의 북 카테인 왕국은 반란군이니까. 남 카테인 왕국의 국왕이 귀족이었든 아니든 그런 것은 상관없네. 그에게 국왕을 표하는 삼대 지보가 있고 카테인 왕국의 정통성이라 할 수 있는 삼대 가신 가문이 있으니 그를 따라야 함이 옳네."

"그렇지."

기사의 말에 동의하는 스튜어트 남작이다.

"나는 그동안 생각하고 있었네."

"무엇을 말인가?"

"언제 자네가 남으로 갈지 말이네."

"그랬던가?"

기사의 말에 씁쓸한 미소를 떠올리는 스튜어트 남작이다.

"물론 자네가 남으로 가지 않고 북에 남은 이유는 아네. 바로 쉰들러 남작님 때문이겠지. 그리고 이제 그가 없으니 가벼운 마음으로 떠날 수 있을 것이라 생각했네. 물론 고인이 된 쉰들러 남작님께는 죄송한 말이나 개인적인 연을 생각해 웅대한 꿈을 접고 있었으니 그것만으로 그분에 대한 예는 다한 것이라 생각하네."

"정말… 그렇게 생각하나?"

기사의 말에 스튜어트 남작은 다시 물었다. 자신도 그렇게 생각했다. 하지만 스스로 자신에게 비겁하고 싶지 않았다.

"그렇게 생각하네. 쉰들러 남작께서도 그것을 바랄 것이고 말이네."

"정말 그럴까?"

"자식 이기는 부모는 없다는 말이 있지. 그리고 그분께서 진정으로 자네를 아들처럼 여겼다면 그것을 원할 것이네. 자네가 꿈을 향해 비상하기를 말이네."

스튜어트 남작은 기사를 빤히 쳐다보았다. 기사는 아무렇지도 않다는 듯이 자신을 바라보는 스튜어트 남작을 바라보며 찻잔을 마치 건배라도 하듯 들고는 이내 입안에 털어 넣었다. 마치 술을 마시듯 말이다.

그 모습에 잠시 너털웃음을 터뜨린 스튜어트 남작이 진중한 표정으로 말했다.

"날이 밝는 대로 정찰을 나갈 것이네."

"자청할 것인가?"

"그러하네."

"자네라면 오히려 의심하지 않겠지."

"그렇겠지. 오히려 반색할 것이네. 쉰들러 남작의 잔재를 제거할 유일한 수단이니까 말이네."

"하면 나 또한 묻어가야 할 것 같군."

"그렇게 해야겠지."

"나쁘지 않군."

"문제는 그들이 우릴 받아줄 것인가 하는 것이네."

"내가 알기로는 남부의 왕이 괴팍하기는 해도 꽉 막힌 자는 아니라고 들었네."

"그런가? 그렇다면 다행이고."

"어쨌든 계획이 섰으니 실행에 옮겨야 하지 않겠나?"

"바로 갈 것이네."

스튜어트 남작은 자리에서 일어났다. 그에 기사 역시 같이 일어섰다. 그들은 어깨를 나란히 하고 지휘관 막사로 향했다.

"그래서 정찰을 하겠다?"

"그렇습니다."

베버 자작은 날카로운 눈으로 스튜어트 남작과 그의 곁에 선 기사를 바라봤다. 그때 베버 자작의 새로운 참모장이 된 터너 남작이 베버 자작의 귀에 대고 무언가 속삭였다. 그에 베버 자작의 얼굴이 조금씩 펴지고 있다.

"좋다, 스튜어트 남작과 가르시아 경에게 정찰 임무를 맡긴다. 인원은 50명으로 한정하며 구역은 맥네이리와 하딘까지로 한다."

"명!"

명을 받기는 했지만 실질적으로 인원과 지역을 들은 이들은 얼굴을 일그러뜨릴 수밖에 없었다. 50명으로 무려 몇 십 킬로미터가량의 구역을 정찰한다는 것은 말이 안 되는 일이었기 때문이다. 그에 몇몇 귀족은 베버 자작의 곁에 바짝 붙어 있는 터너 남작을 쏘아보았다.

하나 터너 남작은 비웃음을 날릴 뿐이다.

'간사한 놈 같으니라고.'

누군가는 그렇게 생각했다. 쉰들러 남작이 살아 있었다면 절대 불가능한 명령이었다. 하지만 지금은 쉰들러 남작이 없었다. 쉰들러 남작이 가지고 있던 모든 실권은 간신배 같은 터너 남작에게 넘어가 있었다.

명을 받은 스튜어트 남작과 가르시아 경은 지휘관 막사를 벗어났다.

"오거 없는 산중에는 고블린이 왕이라더니."

"얼마 가지 못할 것이네."

가르시아 경의 투덜거림에 스튜어트 남작은 담담하게 말했다.

"하긴 그렇기도 하겠군."

그들이 그렇게 대화를 나누는 동안 누군가 막사 밖으로 나오며 그들을 불러 세웠다.

"정말 괜찮겠는가?"

바로 스튜어트 남작의 행동에 호통을 쳤던 노귀족인 바스케즈 남작이었다. 평소와 다르게 나약한 모습을 보인 스튜어트 남작을 호통 치기는 했지만 근본적으로 그를 싫어하지 않았으니 당연한 일이었다.

"괜찮습니다. 그리고 출정하기 전에 부탁이 있습니다."

"부탁?"

"그렇습니다. 아니, 부탁이라기보다는 꼭 들어주셨으면 합니다."

스튜어트 남작의 말이 결코 가벼운 말이 아님을 깨달은 바스케즈 남작은 진중한 얼굴로 고개를 끄덕였다.

"중요한 일인 모양이군."

"그렇습니다. 어쩌면 남작님의 목숨과도 관련이 있을지도 모를 일입니다."

스튜어트 남작의 말에 흠칫하는 바스케즈 남작. 그는 조심스럽게 스튜어트 남작의 얼굴을 바라봤다. 마치 그의 표정에서 무슨 실마리라도 찾으려는 듯 말이다. 그는 고민할 수밖에 없었다.

지금 현재 나약하기는 하지만 쉰들러 남작이 자신의 후계자라고 할 정도로 뛰어난 두뇌를 가진 자가 바로 스튜어트 남작이었다. 그런 그가 결코 빈말을 할 리는 없으니 말이다.

"하겠네."

"그럼 말씀드리겠습니다."

"말하게."

"금일 자정 영지군의 팔에 노란색 천을 두르시길 바랍니다."

"노란색 천?"

"그렇습니다."

"그 연유가?"

"연유는 묻지 마시길 바랍니다. 반드시 해주시기 바랍니다. 또한 저를 걱정해 주시고 쉰들러 남작님을 따랐던 모든 이에게 전파해 주시기 바랍니다."

순간 바스케즈 남작은 무언가 중대한 상황이라는 것을 깨달았다. 어쩌면 모반이 일어날지도 모른다는 생각이 들었다. 하지만 아무리 생각해도 모반을 일으킬 병력이 없었다. 그는 은연중 가르시아 경을 바라봤지만 그 역시 병력을 가지고 있는 실정이 아니었다.

"설마……"

"그 설마가 맞을 겁니다."

스튜어트 남작은 슬쩍 미소를 떠올리며 말했다. 그에 바스케즈 남작의 얼굴이 딱딱하게 굳었다.

"정말… 그럴 생각인가?"

"그렇습니다."

"옳지 않네."

"무엇이 옳고 무엇이 그른 것입니까? 충성을 다하던 참모를 죽이고 일언반구조차 하지 않은 이가 옳은 것입니까, 아니면 내란으로 왕국을 세우고 한 왕국을 둘로 가른 것이 옳은 것입니까?"

"그, 그야……."

바스케즈 남작은 말을 더듬으며 재빨리 주변을 둘러보았다. 누가 들을까 두려웠던 탓이다. 그런 바스케즈 남작의 모습을 보며 낮게 웃은 스튜어트 남작이 다시 입을 열었다.

"저의 양부이신 쉰들러 남작께서는 제가 가는 길을 막지 않을 것입니다. 그분은 죽을 때까지 카베요 후작을 섬겼던 분. 하나 저는 아닙니다. 아직 그에게 출사하지 않았으니 스스로 주군을 택할까 합니다."

"허어~"

"그럼 이만……."

스튜어트 남작은 미련 없이 등을 돌렸다. 기회는 줬다. 자신의 생각도 모두 밝혔다. 이제 남은 선택은 오로지 바스케즈 남작의 몫이었다.

"바스케즈 남작이 자네 말을 따를 것 같은가?"

"아마도 진채의 문을 나서면 곧바로 베버 자작에게 달려갈 것이네."

"쩝."

스튜어트 남작의 말에 가르시아 경은 입맛을 다셨다. 바스케즈 남작이 호인인 것은 분명했다. 하나 거기까지였다. 스튜어트 남작이 그에게 기회를 준 것은 그나마 자신의 양부인 쉰들러 남작의 오랜 친구였기 때문일 것이다.

"가세."

"그러지."

그들은 어느새 50명의 병력을 몰아 정찰 지역으로 나서고 있었다. 그리고 그들의 움직임이 보이지 않을 때쯤 다시 5백 정도의 병력이 진채를 나섰다.

"아돌프 스튜어트! 게 섯거라!"

스튜어트 남작의 말대로 그들을 추포하기 위한 병력이 진채를 출발했다. 그리고 그들을 이끌고 있는 자는 바로 바스케즈 남작이었다.

# 제4장
내분 II

_Warrior_

"누군가 쫓기고 있나 봅니다."

"그래?"

키튼의 말에 카이론이 넓은 평원 너머를 바라봤다. 카이론은 람파드 백작을 제거하고 그의 군대를 흡수한 후 재편했다. 그리고 결코 서두르지 않았다. 목이 타는 놈은 카베요 후작 쪽이지 자신이 아니었다.

물론 본대가 합류하면 말이 달라지겠지만 자신들이 도착하기 전에 그들이 카베요 후작과 합류하기란 확률적으로 희박했다. 그리고 배후를 공격하는 것도 그리 쉬운 일은 아니었다. 그들은 몸을 숨길 수 없는 평원을 건너야 했고, 거기에 함락당한 성의 공격도 받아야만 한다.

한마디로 진군하고 합류하는 것이 그리 쉬운 일이 아니라는 것이다. 그러니 카이론은 여유를 부릴 수 있었다. 그렇다고 마냥 여유를 부리지는 않았다. 뒤를 든든히 하고 새롭게 합류한 병력을 충분히 훈련시켜야 했다.

그렇게 평원 너머로 진군하는 도중 그들은 뿌연 먼지구름을 볼 수 있었다. 이미 인간의 한계를 벗어난 카이론과 키튼이다 보니 먼 거리의 먼지구름을 뚫고 상황을 꿰뚫어 본 것이다.

"도와줘야겠지?"

"두말하면 입 아픕니다."

"다녀와."

"예? 제가요?"

"왜? 싫어?"

"그래도 짬밥이 있지……."

"맥그로우 공작, 알카트라즈 백작이 대련을 하고 싶다는구려."

"준비하겠습니다."

"아, 아니, 뭐… 안 가겠다는 것이 아니고…….."

"어여 다녀와."

"쩝."

카이론의 명에 구시렁거리면서도 몇 명의 기사와 50명 정도의 기마병을 대동하고 달려 나가는 키튼이었다.

"갈수록 반항이 느는군."

"그렇다 하더라도 좋아 보입니다."

"좋기는 무슨……."

말을 흐리면서도 카이론의 얼굴에는 그리 나쁘지 않은 표정이 떠올라 있었다. 어찌 보면 그는 이 세계로 온 이후 가장 먼저 자신의 사람이 된 이다. 그리고 그는 평생을 자신과 함께하고 있음이니 맥그로우 공작의 그런 평가가 결코 싫지 않았다.

"어쨌든 이번 전투도 생각보다 수월하게 끝낼 수 있겠군."

"……."

카이론의 말에 말없이 고개만 끄덕이는 맥그로우 공작이다. 그 둘의 시선은 어느새 저 멀리 먼지구름이 이는 곳을 향해 있었다. 그곳에는 카이론이 예상한 대로 쫓고 쫓기는 다급한 상황이 벌어졌음은 물론이다.

"서라! 스튜어트 남작은 베버 자작의 명을 받으라!"

노호성이 터져 나오고 있다. 처음 상당한 거리를 유지하고 있었음에도 쫓아오는 5백의 병력이 모두 기마병이다 보니 오래지 않아 따라잡힐 수밖에 없었다. 그에 스튜어트 남작은 말

머리를 돌려세웠다.

"스튜어트 남작은 임무를 중지하고 즉시 귀환하라!"

스튜어트 남작이 진형을 벌리자 바스케즈 남작이 즉시 응전을 준비하며 말을 멈춰 세웠다.

"결국 이렇게 되었군요."

"놈! 무슨 말이더냐?"

전혀 알아듣지 못하겠다는 듯 답하는 바스케즈 남작이다. 그런 그의 모습에 스튜어트 남작은 어처구니없다는 듯이 너털웃음을 터뜨렸다.

"양부의 오랜 친우이기에 기회를 주었거늘."

"멍청한 놈. 누가 죽은 쉰들러 남작의 오랜 친우라는 것이더냐? 어서 명을 받지 못할까?"

"나이 들어 무슨 영광을 보겠다고 친우를 저버리고 친우의 양아들까지 죽이려 하십니까?"

"영광은 무슨 영광이더냐. 이것은 당연히 해야 할 일이다. 시세를 아는 자가 준걸이라 했다."

"하하하, 제가 시세를 잘못 판단했다는 것입니까?"

"당연하다. 세상은 이미 북 카테인 왕국의 손을 들어주고 있음을 모르는가?"

"누가 그런 말을 합니까? 명분이라면 오히려 남 카테인 왕국이 차고 넘친 것을 말입니다. 그리고 북 카테인 왕국의 전신이 내란 주모자들의 연합 아닙니까?"

"무, 무어라? 감히 뚫린 입이라고 함부로 말하는구나!"

"정신 차리시지요. 이것이 마지막 권고입니다. 아집을 버리시길. 나이 들어 그나마 있는 영지를 보존하고자 한다면 말입니다."

이제는 스튜어트 남작 역시 한계에 달했는지 경멸하는 듯한 표정을 떠올리며 차갑게 응수했다. 그에 쭈글쭈글한 얼굴에 노기를 떠올리는 바스케즈 남작이다.

"멍청한 놈! 아직도 모르겠느냐? 북 카테인 왕국의 병력은 자그마치 40만이다. 남 카테인 왕국의 병력은 고작 10만이고 말이다. 이것이 무엇을 말함이더냐? 중과부적이라는 말이 있다. 아무리 뛰어난 전략가라 할지라도 압도적인 병력의 수 앞에는 아무런 힘도 쓸 수 없단 말이다."

"하하하! 지금 저를 걱정하시는 겁니까, 아니면 베버 자작이 절 생포해 오라 해서 설득하시는 것입니까? 아! 아마도 그는 본작을 생포하라 했을 것입니다. 제 양부를 죽이고 들끓고 있는 내부를 진정시키기 위해서 말입니다. 하나!"

지금까지의 온유한 표정을 지우고 냉정한 표정으로 말을 끊는 스튜어트 남작이었다.

"한 손으로 하늘을 가릴 수는 없는 법입니다. 현재 그들은 10만이라는 병력으로 40만을 막아내고 있고, 심지어는 북 카테인 왕국의 식량 창고라 불리는 엘레크 평원을 점유했습니다. 그들이 과연 10만이라 할 수 있습니까? 또한!'

스튜어트 남작은 쉬지 않았다. 아니, 바스케즈 남작이 반론을 제기할 시간을 주지 않았다.

"북 카테인 왕국의 국왕이 같은 하늘 아래 살 수 없는 나파즈 왕국의 삼왕자임은 세 살 먹은 어린아이도 아는 사실. 그가 앉은 왕좌가 어찌 카테인 왕국의 왕좌이겠습니까?"

"네 이노옴! 말이면 다인 줄 아느냐?"

"어찌 옳은 말을 하는데 역정을 내십니까? 제 말이 맞기에 역정을 내어 옳은 말을 가리려 하십니까? 이것이 비밀이라 생각하십니까? 이미 세상이 다 아는 일을 어찌 비밀이라 할 수 있겠습니까? 이대로 카테인 왕국을 나파즈 왕국에 통째로 바치시려는 것입니까? 정신 차리십시오."

"이, 이노옴! 쳐, 쳐라! 한 놈도! 한 놈도 살려두지 마라!"

"아하하하하하!"

말 한마디 한마디가 비수처럼 심장을 파고들었다. 그에 바스케즈 남작은 즉각 공격 명령을 내렸다. 그의 말 한마디 한마디가 어찌나 날카롭던지 도저히 말로서는 그를 당해낼 재간이 없었고, 더 이상 듣고 있다가는 오히려 동행한 병사들조차 동요할까 저어되었다.

"이놈들! 아직도 정신을 차리지 못하는 것이냐? 너희들은 정녕 나파즈 왕국의 백성들이더냐?"

스튜어트 남작과 가르시아 경이 검을 뽑아 들며 외쳤다. 그에 5백의 병사 중 몇 명은 갈등하는 얼굴을 보였다.

그때 바스케즈 남작을 수행해 온 기사 중 한 명이 짐짓 크게 호통을 쳐 병사들의 주의를 환기시켰다.

"어림없는 소리! 어디서 되지도 않는 말을 지껄이는가? 자신 있으면 오라! 내가 그 간사하고 요악한 세 치 혀를 잘라주마!"

"크하하하! 페레즈 경, 네놈이 감히 내 앞에서 고개를 빳빳하게 세울 줄은 몰랐구나. 오라! 너에게 진정한 검을 가르쳐주마!"

가르시아 경이 검을 빼들고 득달같이 페레즈 경을 향해 쇄도했고, 페레즈 경 역시 마다하지 않고 플레일을 휘두르며 마주 달려 나갔다.

콰차차장!

"크아아악!"

페레즈 경은 단 일 합도 견뎌내지 못하고 피떡이 되어 낙마하고 말았다. 그에 바스케즈 남작은 도저히 이대로 있어서는 안 되겠다 싶었는지 검을 뽑아 들고 거칠게 외쳤다.

"공겨억! 공격하라! 군령을 어긴 자의 최후가 어떠한지 직접 보여주도록 하라!"

더 이상 지체할 수는 없었다. 스튜어트 남작의 말엔 틀린 것이 하나도 없었으니까. 분명히 명분은 자신 쪽에 있는 것이 아니었다. 물론 아주 소소한 명분, 즉 군령을 어겼다는 명분은 자신들에게 있었지만 대의적인 명분 앞에서는 완벽하게 지고 들어가고 있었기 때문이다.

50명과 5백 명이 부딪쳤다.

"와아아!"

"죽여라!"

어제의 동료가 오늘의 적이 되었다. 아니, 불과 몇 시간 전까지 동료이던 자들이 목숨을 걸고 상대를 죽이려 들고 있다.

"죽엇!"

그 와중에는 스튜어트 남작도 있었고, 가르시아 경도 있었으며, 그들을 추포하기 위해 온 바스케즈 남작도 있었다. 특히 바스케즈 남작은 노익장을 과시하려는 듯 아래의 병사들을 베어갔다.

카앙!

"큽!"

이 일격에 바스케즈 남작은 손아귀가 저릿해져 옴을 느꼈다. 그리고 고개를 들어 자신의 검을 막은 자를 바라봤다.

"네놈이……."

"바스케즈 남작님의 지론처럼 귀족이 어찌 천한 평민과 섞여 검을 나누겠습니까?"

스튜어트 남작의 말에 바스케즈 남작은 얼굴을 일그러뜨렸다. 실상 귀족의 입장을 대변하는 것 같지만 실제는 자신을 조롱하는 말이라는 것을 모르지 않았기 때문이다.

기실 자신은 노익장을 과시하고는 있지만 상대적으로 쉬운 병사들을 선택할 수밖에 없었다.

노익장도 노익장이지만 힘의 안배 때문이었다. 아무리 자신이 근력이 강하다고 해도 노쇠해 가는 것은 막을 수 없었다. 그래서 그는 병사들을 선택했다. 그런데 그것을 간파한 스튜어트 남작이 어느새 다가와 자신의 검을 막아섰다.

"감히……."

"오시지요."

놀리듯 말하는 스튜어트 남작에 바스케즈 남작의 얼굴이 붉으락푸르락했다. 그는 노호성을 터뜨리며 스튜어트 남작을 향해 달려들었다.

카앙! 카앙!

"하하하! 많이 노쇠해지셨군요. 지난 세월 동안 스스로의 욕심을 위해 사셨던 것입니까, 마음고생이 심하셨던 겁니까? 마치 죽을 날을 기다리는 뒷방 늙은이 같습니다."

"후욱! 이, 이노옴! 네놈을, 네놈을 반드시 죽이고야 말리라!"

"하하하! 이거 무섭군요. 다 늙은 귀족에게 이 목을 헌납해야 하다니 말입니다."

크게 웃고는 있었지만 스튜어트 남작의 얼굴은 그리 좋지 못했다. 짐짓 아무렇지도 않게 행동하고는 있었지만 이미 주변의 상황이 너무나 암울했기 때문이다. 자신의 친구인 가르시아 경은 이미 세 명의 기사에게 둘러싸여 병사들을 돌아보지 못할 처지였다.

아니, 이미 그의 모습은 여실히 지쳐 있음이 눈에 보였다. 자신 또한 그러했다. 독살스럽게 바스케즈 남작을 물고 늘어졌지만 역시 만만치 않은 상대임은 분명했다. 그의 주변에는 예의 병사들이 지키고 있어 견제를 계속해 오고 있음에 쉽게 승부를 점칠 수 없었다.

그러는 와중에 병사들은 한 명 두 명 목숨을 잃고 있었다. 그러함에 스튜어트 남작의 얼굴은 점점 더 암울하게 굳어져 갔다.

"크하하하! 어찌 그런 표정인가? 처음의 그 거만한 표정은 대체 어디에 가고 말이다!"

"흥! 늙고 힘이 없어 열 배나 많은 다수로 소수를 핍박하는 주제에 꽤나 당당하십니다!"

"무어라? 아직도 입은 살아 있구나! 그 입, 다물게 해주지!"

그러면서도 직접적으로 공격해 오지 않고 주변 병사들에

게 명을 내리고 있었다.

"공격하라! 이제 얼마 남지 않았다! 본대로 돌아가면 충분한 포상이 있을 것이다!"

"우와아아!"

충분한 포상이라는 말에 추포를 위한 병력들은 함성을 지르며 스튜어트 남작이 이끄는 병력을 몰아붙였다.

'쯧쯧, 괜한 자신감으로 스스로의 명을 재촉했구나.'

스튜어트 남작은 변절할 것을 알고 있었음에도 경솔하게 마지막 기회라는 듯 바스케즈 남작에게 알려준 자신의 입을 탓했다. 주변을 둘러보니 이미 전세는 완벽하게 기울어가고 있었다.

'상관없겠지. 이곳에서 죽으나 끌려가 죽으나 마찬가지 아닌가?'

그렇게 생각하며 그는 검을 콱 움켜쥐었다. 하나 그의 다짐은 오래갈 수 없었다. 출신 자체가 문관 귀족인 스튜어트 남작이었다. 귀족의 소양으로 검을 다루었을 뿐 무관 귀족처럼 본격적으로 검을 다루지는 못했다.

체력도 달리고 검로도 일정치 못했다. 마상에서 일반 병사들은 어느 정도 상대할 수 있었으나 열맷 명 이상을 상대할 수는 없었다. 그러하기에 점점 검을 움켜쥔 손아귀에서는 서서히 힘이 빠져나가고 있었다.

절망적이었다. 하나 살기 위해선 최후의 발악을 할 수밖에 없었다. 그리고 그렇게 절망으로 물들어갈 때쯤 거센 함성이 들려오기 시작했다.

"우와아아!"

"저, 적습이다."

"기습이다!"

순간 몇 명 남지 않은 스튜어트 남작을 둘러싸고 있던 바스케즈 자작군은 어지럽게 외치며 기습해 오는 적을 막기 시작했다. 하나 애초에 그들이 상대할 수 있는 수준의 병력이 아니었다.

콰직!

"커허억!"

일검에 기사의 몸뚱이가 분리되어 버렸다. 양손검을 마치 한손검처럼 다루는 자, 바로 키튼이었다.

"카테인 왕국의 키튼 알카트라즈 백작이다! 항복하라! 항복하면 살 것이다!"

그의 쯔바이한더는 가차 없었다. 달려드는 족족 일검에 적들의 신체를 양분해 버렸다. 참전한 지 불과 몇 분도 지나지 않아 그의 주변에는 원이 생기고 있었다. 병사들은 자신들이 상대할 수 있는 사람이 아니라는 것을 깨달았다.

"이노옴! 죽어랏!"

개중에 가끔 정신 못 차리고 용기백배하여 그를 향해 달려
드는 기사들이 있기는 했다.

촤아아악!

하나 깔끔하게 양분해 버렸다. 비명조차 지르지 못하고 말
과 함께 쪼개졌다. 그는 검에 마나도 두르지 않았다. 그러함
에도 그의 일검을 받아내는 기사나 병사가 없었다. 아니, 오
히려 피하기에 급급했다.

"너인가?"

"무슨……?"

그는 그냥 정중앙으로 찌르고 들었고, 그 중앙에 말을 타고
있는 자 중 조금은 문약해 보이는 귀족에게 다짜고짜 물었다.

"귀순하려는 자가 말이야."

"혹시……."

"듣지 못했나? 카테인 왕국의 알카트라즈 백작이라고 말이
야."

듣긴 했다. 그런데 솔직히 이해하기 힘들었다.

현재 자신들이 있는 곳은 남부군이 진채를 벌인 곳과는 상
당한 거리가 있었기 때문이다. 오히려 북부군의 전진 성채가
더 가까웠다.

"어떻게……?"

"봤으니까."

"무엇을……."

"쫓기는 자와 쫓는 자를."

"……."

믿을 수 없다는 듯 멍하니 그를 바라봤다. 그때였다.

"이노옴!"

바스케즈 남작이 자신을 무시하고 스튜어트 남작과 태연하게 대화를 하고 있는 키튼을 보고는 거친 노호성을 터뜨리며 덤벼들었다.

파카아앙!

"캐애액!"

하나 달려들 때보다 더 빠르게 튕겨 나가는 바스케즈 남작이었다. 스튜어트 남작과 가르시아 경은 튕겨 나가는 바스케즈 남작을 바라봤다.

'죽… 었나?'

'죽었군.'

둘은 그렇게 확신했다. 검붉은 피가 흘러내리고 가슴 어림이 심하게 함몰되어 있었기 때문이다. 그것이 즉사가 아니라면 대체 무엇이 즉사일까?

"그것이 가능한… 것이었습니까?"

"뭐, 나 정도 되면. 그런데 귀순하려는 것이 맞나?"

"맞습니다."

"환영한다."

그가 환영한다는 말을 했을 때는 이미 전투는 끝나 있었다. 5백의 병력을 제압하는 데는 그리 오랜 시간이 걸리지 않았다. 그들의 전투는 마치 어른과 어린아이의 싸움과도 같았다.

"가지."

"괜찮겠습니까?"

"무엇이?"

"이곳은 북 카테인 왕국의 전진 성채와 가까운 지역입니다."

스튜어트 남작의 말에 뒤를 슬쩍 바라본 키튼이 무심하게 말했다.

"저런 귀족들 1만이 있다 해도 결코 이곳으로 오지 않을 것이다. 그들은 자신의 자존심보다 스스로의 목숨을 더욱 중히 여기는 자들이니까."

키튼의 냉철한 말에 스튜어트 남작은 쓸쓸한 표정을 지어 보이며 수긍할 수밖에 없었다. 그는 불현듯 자신을 따르는 병력을 바라봤다. 오십 명을 대동했는데 살아남은 자는 고작 열 명뿐이다. 그들 역시 자잘하게 상처를 입고 있었다.

그들을 본 스튜어트 남작은 한숨을 내쉬었다.

"왕국이 망한 것도 아닌데 한숨 쉬지 마라. 죽은 사람은 죽은 사람이고 산 사람은 살아야 하지 않겠는가? 저들에게 죽은 자들의 몫까지 다 해주면 되는 것이다."

"……."

그에 스튜어트 남작은 빤히 키튼을 바라봤다. 스튜어트 남작의 시선을 받고 있음을 앎에도 불구하고 키튼은 여전히 전방을 바라보고 있었다. 그의 얼굴에는 긴장이라는 것이 전혀 보이지 않았다.

'담대한 것인지 아니면 자신감인지 모르겠군.'

하나 이것은 자신감일 것이다. 적진 가까이에 왔음에도 불구하고 전혀 거리낌 없는 그의 행동은 인위적인 것이 아닌 지극히 자연스러운 것이었다.

"그런데 저들을 무너뜨릴 방법이 있나?"

"가장 좋은 방법은 귀족들만 제거하는 방법입니다."

"그것도 괜찮군."

여느 귀족이었다면 가당찮다고 호통쳤을 것이다. 암습은 전혀 염두에 두고 있지 않은 귀족들이고 전투에도 예가 있음이니 그 예를 지켜야 한다고 한결같이 고집하는 귀족들이니까 말이다.

하지만 키튼은 괜찮다고 했다. 바로 그런 생각에서부터 남 카테인 왕국, 아니, 카테인 왕국의 귀족들은 달랐다. 또한 그들은 스스로 남 카테인 왕국이라 부르지 않았다. 그냥 카테인 왕국이었다.

그들은 아직도 북 카테인 왕국을 인정하지 않고 있었으며, 통일된 왕국을 꿈꾸고 있다는 것이다.

'그래, 카테인 왕국은 아직 내전 중이다. 그리고 그 내전은 서서히 그 끝을 향해 달려가고 있다. 그리고 정작 카테인 왕국이 가장 무서워해야 할 적은 바로 나파즈 왕국일 것이다.'

그에 스튜어트 남작은 카테인 왕국의 이념이 진심으로 자신의 생각과 일치한다는 것을 알았다. 그에 조금 더 적극적으로 자신의 의견을 개진했다.

"카베요 후작은 훌륭한 귀족입니다."

"그렇단 말이지? 훌륭한 귀족이 몇 명 더 있나?"

"버지스 백작이나 시메네즈 자작 등 몇 명이 더 있습니다."

"그들의 인상착의를 알 수 있나?"

"설명드릴 수 있으나……."

"설명만 하면 된다."

"할 수 있습니다."

"그럼 되었군. 전하께옵서 기다리시니 길을 재촉하지."

"알겠습니다."

키튼의 말이 떨어지고 그들은 말없이 말을 몰아갔다. 그리고 얼마 지나지 않아 카테인 왕국의 진채에 발을 들일 수 있었다. 키튼은 모든 절차를 생략하고 곧바로 가장 큰 야전 막사로 향했다.

"전하께옵서는 안에 계시는가?"

"배식 받으러 가셨습니다."

"아, 그래? 자네들은?"

"조금 이따 교댑니다."

"그래, 그럼 수고하게."

"넵!"

가장 큰 야전 막사를 지키는 기사들과 스스럼없이 대화하는 키튼이다. 스튜어트 남작과 가르시아 경은 멍한 표정을 지어 보였다. 그것은 다름 아닌 국왕이 직접 배식을 받으러 갔다는 것 때문이었다.

"저어……."

"물어볼 것이 있나?"

"전하께옵서도 직접 배식을 받으십니까?"

"당연한 것 아닌가? 이곳은 왕궁이 아니라 전장이니까 말이지."

"어떻게……."

"어떻게? 이렇게 말이지."

그가 걸음을 옮기자 저 멀리 배식을 받고 있는 병사들과 기사들, 귀족들이 보였다.

병사와 귀족 가릴 것 없이 모두 배식판을 들고 배식을 받고 있었다. 스튜어트 남작과 가르시아 경의 입장에서는 가히 충격적인 광경이 아닐 수 없었다.

키튼은 그런 그들을 이끌고 배식 줄에 끼어들었다.

"왔나?"

"왔습니다."

"이들인가?"

"그렇습니다."

"뒤에 서."

"예? 아무리 그래도……."

"줄 서. 새치기하지 말고."

"큼, 알겠습니다."

그의 말에 키튼이 군말 없이 줄의 맨 끝으로 스튜어트 남작과 가르시아 경을 이끌고 갔다. 불만이 있기는 하지만 아주 당연하다는 표정이다. 그것은 병사들이나 기사, 혹은 귀족들에게도 해당됐고, 이런 일은 익숙하다는 표정이었다.

그렇게 배식을 받고 그들은 중앙의 가장 큰 야전 막사 안으로 들어갔다. 키튼이 그들을 그곳으로 이끌었기 때문이다.

그때까지만 해도 그들은 설마 국왕이 병사들과 똑같은 식사를 할까 하고 생각했지만 막사 안에 들어가서는 완전히 기존에 있던 모든 생각을 깨끗하게 비워야 함을 깨달았다.

키튼이 소개한 국왕이나 카테인 왕국의 검이라 불리는 맥그로우 가문의 당대 가주인 캐슬린 맥그로우 공작조차 병사들이 먹고 있는 식사와 전혀 다르지 않았다. 그 둘은 간소하게 마련된 야전 식탁 위에 식판을 놓고 자신들을 기다리고 있었다.

식탁조차도 대충 만들어진 것이다.

"왜, 놀랐나?"

그들이 앉자 카이론이 물은 첫 마디다.

"솔직히……."

"전투부대는 전투를 위한 부대야. 허례허식이 전투를 이기게 할 수는 없지."

"하지만 일국의 국왕이나 사령관이라는 자리는 결코 혼자만의 자리가 아닙니다."

"물론 그렇겠지. 하지만 이런 생각은 안 해봤나? 일국의 국왕이나 사령관이 같이 먹는 식사를 함부로 만들 수 있을까? 혹은 병사들이 귀족이나 기사, 심지어는 국왕까지 자신들과 똑같이 줄을 서고 똑같은 식판에 똑같은 음식을 먹는다는 걸 어떻게 생각할 것 같은가?"

"그건……."

말할 수 없었다. 그것은 아주 간단했다. 그런데 그것이 병사들에게 미치는 영향은 실로 대단했다. 사기는 하늘을 찌를 것이고 국왕과 사령관에게 바치는 충성심을 이루 형언할 수 없을 정도가 될 것이다.

비천한 평민을 고귀한 귀족들과 똑같이 대해준 것과 다를 것이 없으니 말이다. 그러함에 병사들의 전투력이 급상승할 것은 자명한 일이다.

하지만 지금까지 그 누구도 그렇게 하지 않았다. 왜냐하면 신분의 벽이 확실한데 어찌 천한 평민과 같이 식사를 할 수 있느냐는 것이다.

신분의 벽은 확실했다. 그러한 확실하고 견고한 신분의 벽을 국왕이 스스로 나서서 허문 것이다. 귀족들은 그렇게 되면 평민들이 폭동을 일으킬 것이라 생각했다. 하지만 남부는 전혀 그렇지 않았다.

오히려 하나로 똘똘 뭉쳐 40만의 적을 맞이함에도 전혀 위축됨이 없이 전쟁을 치르고 있었다.

'이것이 다른 점이로군.'

한 명은 귀족을 우선으로 했으며, 다른 한 명은 평민을 우선으로 했다. 그것이 적은 병력임에도 팽팽하게 접전을 벌일 수 있는 이유였다. 몇몇 전투에 있어서 북 카테인 왕국이 승리한 적이 분명히 있기는 했다.

하나 전쟁에서는 밀리고 있었다. 전 전장이 고착 상태로 접어들었고, 북부의 곡창지대라고 일컬어지고 있는 엘레크 평원은 점령당했다. 이 상황에서 스튜어트 남작은 깨달을 수 있었다.

'전쟁은 잘 훈련된 병력도 필요하지만 결국은 총력전인 것을. 정규군이 아니라 할지라도 전쟁이 길어지면 길어질수록 소모되는 병력의 수에 의해 결정되고, 그들을 먹일 식량과 전투에 임하는 그들의 마음가짐에 의해 판세가 변하는 것임을 이제야 알다니.'

모든 이가 얼마나 한마음 한뜻이 되느냐가 중요했다.

남부와 북부의 병력은 차이가 났지만 결국 그곳에 살고 있는 사람의 수는 비슷했다. 하지만 최근 들어 북부의 인원 중 상당수가 남부로 흘러들어 갔다.

전쟁이 길어지면 길어질수록 남부가 승리할 가능성이 높았다. 명분도 남부에 있었고, 전쟁을 수행하는 병사나 귀족, 혹은 기사들의 사기 또한 남부가 높았으며, 결정적으로 남부에 사는 모든 이의 전폭적인 지지를 받고 있는 그들이 있었다.

"식사가 입에 맞지 않나?"

"아, 아닙니다."

멍하게 자기만의 생각에 빠져 있는 스튜어트 남작을 바라보며 카이론이 물었다. 그에 스튜어트 남작은 자신의 실책을 깨닫고 고개를 저으며 급히 식사를 했다.

"그건 그렇고, 나에게 원하는 것이 있나?"

"예? 무슨……?"

"아무 생각 없이 귀순한 것 같지는 않아서 말이지."

카이론의 물음에 조심스럽게 린넨 천으로 입 주변을 닦아내며 입안을 채운 음식을 비우는 스튜어트 남작이다.

"카베요 후작은 훌륭한 귀족입니다."

"흐음, 존경받을 만한 귀족이라는 것인가?"

"그렇습니다."

"하나 그렇다 해도 그는 여전히 내란을 일으킨 북부군에 소속되어 있다."

"영지민의 목숨 줄을 쥐고 있는 마샬 국왕입니다. 어쩔 수 없는 선택일 수도 있습니다."

"그런가? 그럴 수도 있겠군. 하면 그를 살려달라는 것인가?"

"물론 궁극적인 목적은 그것이겠으나, 북부군에 속한 귀족이라 해서 모두 마샬 국왕에게 머리를 숙인 것은 아닙니다. 부당함을 알고 있으나 압도적인 무력 앞에서는 무기력해질 수밖에 없습니다. 또한 모든 귀족을 다 죽일 수는 없는 노릇 아니겠습니까?"

"살릴 수 있으면 살리고 이용할 수 있으면 이용하자는 말인가?"

카이론의 직접적인 말에 스튜어트 남작은 약간은 놀란 눈을 해보였지만 이내 침착하게 답했다. 귀족들조차 지금 카이론처럼 직설적으로 묻지 않는다. 하지만 지금 상황에서는 그리 나쁘지 않은 물음이었다.

전쟁 중인데 군이 예의를 차릴 필요도 없었고, 더군다나 직접 배식 줄에 서 배식을 받을 정도의 국왕이라면 허례허식을 지극히 싫어할 만도 했다.

"그렇습니다."

"전투 중에는 그것이 쉽지 않음을 알 터인데?"

"거참, 시치미 떼시기는. 거 있잖습니까? 전하께서만 쓰시는 마법 무구 말입니다."

그때 스튜어트 남작을 도와주는 목소리가 있었으니 산더미처럼 담아온 식사를 모두 해치운 키튼이었다.

식판이 보이지 않을 정도로 가져온 그였지만 어느새 깔끔하게 비워져 있었다.

찌릿!

카이론의 시선이 키튼을 향했다. 그에 키튼은 슬쩍 눈을 피하며 식판을 들고 일어섰다.

"아따, 너무 그러지 맙시다. 살릴 사람은 살려야지. 결국 그렇게 할 생각이시면서……."

그러면서 카이론이 무슨 말을 하기도 전에 휭하니 막사를 나가 버리는 키튼이다.

그의 그런 행동에 오히려 얼이 빠진 것은 스튜어트 남작과 가르시아 경이었다. 분명 백작이었다. 그런데 백작이 일국의 국왕에게 하는 행동치고는 너무나도 가벼웠기 때문이다.

그에 카이론의 얼굴이 살짝 일그러지기 시작했다. 물론 겉으로 드러나지는 않았다. 아니, 오히려 드러날 때보다 더 빠르게 사라지는 그의 표정이다.

"서신이 필요할 것 같습니다."

그때 조용히 식사를 하던 웰링턴 백작이 입을 열었다.

"서신이라……."

"그렇습니다."

"사전에 준비시키자는 것인가?"

"그것도·있지만 될 수 있는 한 피를 가장 적게 흘리는 것이 좋지 않겠습니까? 따지고 보면 그들도 모두 카테인 왕국의 일원이지 않습니까?"

"그도 그렇군."

카이론과 웰링턴 백작의 말을 이해한 스튜어트 남작은 고개를 끄덕였다. 서신이 필요하다는 것은 자신이 그들을 설득할 수 있는 서신을 써야 한다는 것일 게다.

"의향이 있나?"

"물론입니다."

"내일 저녁까지 시간을 주지."

"감사합니다."

자신의 의견을 받아들인 카이론에게 고개를 숙이는 스튜어트 남작이다.

"어떤가, 스튜어트 남작을 백작의 휘하에 두는 것은?"

"그래 주신다면야……."

웰링턴 백작은 그를 마다하지 않았다. 쓸 만한 인재를 자신의 휘하로 주겠다는데 마다할 이유가 없었다. 훈훈한 풍경이었다. 과연 이곳이 전쟁을 수행하는 일선 부대가 맞나 싶을 정도로 평화로운 분위기였다.

그렇게 스튜어트 남작과 가르시아 경의 하루가 흘러갔다.

그리고 다음 날 저녁, 스튜어트 남작이 몇 장의 서신을 작성해 그것을 웰링턴 백작에게 전했을 때 그중 한 장의 서신을 들고 막사를 나서는 카이론을 볼 수 있었다.

맥그로우 공작과 알카트라즈 백작도 포함되어 있다. 놀라지 않을 수 없었다. 카이론은 일국의 국왕이고 나머지 둘은 실질적인 지휘부였기 때문이다. 그에 스튜어트 남작은 걱정스러운 표정으로 입을 열었다.

"정말 괜찮겠습니까?"

"뭐가 말인가?"

"국왕 전하 말입니다."

"괜찮지 않을 이유가 없지."

"어찌 일국의 국왕이……."

"일국의 국왕이면 뒷전에서 뒷짐 지고 그저 지켜만 본다는 법을 누가 정하기라도 했나?"

"그것은 아니지만 말입니다. 어찌 이런 위험한 작전에 직접 나서시는지 이해할 수 없습니다."

"그것이 궁금했던 모양이로군."

웰링턴 백작은 비로소 스튜어트 남작의 말을 이해했다는 듯이 입을 열었다. 잠깐 그를 바라본 웰링턴 백작은 다시 사라져 가고 있는 세 명을 바라보며 입을 열었다.

"그분들은 카테인 왕국에서 가장 강한 분들이네."

"아무리 그렇다고는 하나……."

솔직히 스튜어트 남작은 믿을 수 없었다. 일국의 국왕과 공작, 그리고 백작이 강해봐야 얼마나 강하겠는가? 아직까지 국왕이나 카테인 왕국의 귀족 중 마스터에 오른 자가 있다는 말은 들어보지 못했다.

아니, 듣기는 했다. 확실한 정보가 아닌 소문으로 말이다. 하지만 소문이라는 것이 부풀려지게 마련이지 않은가? 거기에 현 남 카테인 왕국의 국왕은 정통성은 있을지 몰라도 국왕의 친자가 아니다.

전대 국왕과 어떤 접점도 없다는 것이다. 그것을 메우기 위해서는 무엇이 필요할까?

바로 우상화 작업이라 할 수 있었다. 그는 영웅이어야만 했다. 그러니 더욱더 사실에 살이 붙을 수밖에 없었다.

웰링턴 백작은 그런 스튜어트 남작의 생각을 이미 알고나 있다는 듯이 다시 입을 열었다.

"내 말을 이해하지 못한 모양이군."

"예? 그게 무슨……."

"그분들에 대한 소문을 듣지 못했나?"

"듣긴 했습니다. 남부에 일곱 개의 별이 있다는 것도 들었고, 홀로 수백, 수천의 병력을 베었다는 소문도 들었습니다. 일검에 산이 갈라지고 땅이 파인다는 소문까지 말입니다. 하지만 소문이란 으레 부풀려지게 마련이지 않습니까?"

"물론 일반적인 소문이라면 그렇지."

"하면 그분들은 일반적이지 않다는 것입니까?"

"음. 그 말이 맞을 듯싶군. 아니, 그분들에 대한 소문은 오히려 상당히 축소된 감이 없지 않아 있지."

"그것이……."

"말이 되느냐고 묻고 싶은 모양이로군."

"아, 예, 뭐……."

"이제 곧 알게 될 것이네."

도무지 알 수 없는 말만 늘어놓는 웰링턴 백작이었다. 자신이 써준 서신은 고작 열 장. 카베요 후작이 이끄는 귀족 중 실력은 있지만 권력 싸움에 가려져 있는 자들, 혹은 어쩔 수 없이 북부군에 몸담고 있는 자들에게 전할 서신이었다.

은밀함을 요하는 것도 있었다. 그중에는 상당히 쟁쟁한 자들도 있기 때문이다. 카베요 후작이 이끄는 병력은 자그마치 5만. 그 5만이 모두 한 몸처럼 카베요 후작의 명을 받지는 않는다.

그러하기에 조금만 주의한다면 충분히 그들에게 접근할 수 있었다. 하지만 중요한 것은 그 열 명 중에 카베요 후작과 그의 부관인 자발레타 자작, 참모장인 버지스 백작까지 모두 들어 있다는 것이 문제였다.

그리고 결정적으로 카베요 후작에게 보내는 서신은 국왕이 가지고 갔고, 부관의 것은 알카트라즈 백작이, 참모장의 것은 맥그로우 공작이 가지고 갔다는 것이다.

걱정하지 않을 수 없었다. 그런데 웰링턴 백작은 참으로 한가하게 그들을 바라보고 있었다. 물론 다른 말로 하면 그들에 대한 신뢰 가득한 모습으로 말이다.

그것은 웰링턴 백작뿐만이 아니었다. 진중에 남아 있는 귀족들이나 기사들 역시 신뢰 충만한 모습으로 어둠 속으로 사라지는 그들을 바라보고 있었다.

"정말 믿지 못하는 모양이군."

어느새 웰링턴 백작은 사라지고 남아 있던 한 명이 아직 정신을 차리지 못한 채 잔뜩 인상을 찌푸리고 서 있는 스튜어트 남작을 바라보며 말했다.

"아, 예, 저……."

"반갑네. 참모부에 속해 있는 안데르손 자작이네."

"아, 반갑습니다. 새로 참모부에 들게 된 아돌프 스튜어트 남작입니다."

"지금 무척 혼란스럽겠지?"

"그야……."

"자네가 들은 소문은 사실이네."

"예?"

"믿지 못하겠지만 사실이네. 현 국왕 전하께서는 아국에서 가장 강한 분이시네. 소드 마스터? 그레이트 마스터? 아니, 아마도 인간으로서 더 이상 오를 수 없는 그랜드 마스터일지도 모르지. 그분 홀로 남부를 구해내셨으니 말이네."

"아니, 그……."

"거짓말이라고? 아니네. 내가 직접 보았네. 난 그분을 따라 세 번의 전투에 참여했고, 세 번의 전투에서 언제나 가장 선두에 서서 적진으로 뛰어드는 것을 보았고, 일검에 성문을 격파하는 것을 보았네. 그분의 그러한 모습을 본 것은 나뿐만이 아니네."

"한데 왜 소문이라고……."

'치부되었습니까? 라고 묻는 것일 게다.

"믿고 싶지 않은 게지. 귀족의 지위를 인정치 않고 신분의 벽을 허물어 버린 그를 인정하고 싶지 않은 게지. 알고 있지 않은가? 귀족이란 자신이 보고 싶은 것만 보고 듣고 싶은 것만 듣는다는 것을 말이네."

"……."

안데르손 자작의 말에 차마 부정할 수 없었다. 안데르손 자작은 그런 스튜어트 남작을 바라보며 웃는 낯으로 그의 어깨를 툭툭 두드렸다.

"이제 그 신화 같은 소문을 눈으로 확인하게 될 것이네."

그 말을 남기고 다시 막사로 들어가는 안데르손 자작. 그런 그를 바라보며 스튜어트 남작은 나직하게 입을 열었다.

"정말 그랬으면 좋겠군요. 그런 강력한 군주의 모습을 볼 수 있었으면 좋겠군요."

"믿어야 하지 않겠냐?"

그의 곁으로 다가오며 가르시아 경이 물었다.

"그래, 믿어야겠지. 나 스스로 선택한 주군이니까."

"그래, 믿자. 그리고 지금은 우리가 해야 할 일을 하는 것이 마땅하지 않겠냐?"

"그렇군."

그렇게 그들이 어깨를 나란히 하고 막사로 향하는 사이, 스튜어트 남작이 작성한 열 통의 서신을 들고 카베요 후작의 진영으로 숨어드는 일단의 무리가 있었다.

철통같은 경계망이었지만 이미 스튜어트 남작으로부터 경계의 허점을 파악한 이들은 너무나도 자연스럽게 움직이고 있었다.

그 누구도 그들의 존재를 눈치채지 못했을 정도이다. 그들의 진채는 여전히 조용하고 적막하기만 했다. 이따금 경계병과 기사들의 임무 교대 소리를 제외하고는 말이다. 그리고 그런 진채의 중앙에 가장 거대하게 자리 잡은 야전 막사.

막사에는 여전히 불이 밝혀져 있었다.

"피곤하군."

엄지와 검지로 눈의 안쪽을 비비며 나직하게 신음을 흘리는 카베요 후작은 한참 동안 눈을 주물렀다. 근래 들어 움직이지 않는 적의 동향에 신경이 곤두섰기 때문이다. 그리고 합류하기로 한 본대 역시 합류가 늦어지고 있었다.

이래저래 신경 쓸 일이 많다 보니 본의 아니가 밤이 늦은 이 시각에도 잠자리에 들지 못하고 있었다.

여느 귀족이었다면 부관이나 귀족들에게 맡기고 잠에 빠져들었겠지만 어쨌든 자신이 맡은 부대였고 전투 중이니 자신의 역할에 충실해야 했다.

그는 고개를 들어 의자 뒤로 젖히고 한참 동안 눈을 감고 있었다. 그러다 문득 왠지 모를 위화감을 느꼈다. 오로지 자

신만이 있어야 할 막사 안에 자신이 아닌 존재가 있다는 느낌
에 그럴 리 없다고 생각하며 느릿하게 고개를 들었다.

그리고 서서히 눈동자가 커졌다.

"누, 누구냐?"

"카테인 왕국의 국왕."

"……!"

이름은 밝히지도 않았다. 그저 자신을 국왕이라고만 했다.
카베요 후작은 믿을 수 없었다. 그런데 문제는 그것이 진실
같다는 것이다.

"놀라지 않나?"

"충분히… 놀라고 있습니다."

"그래? 확실히 스튜어트 남작의 말대로 침착하군."

"아돌프 스튜어트 남작을 말하시는 겁니까?"

"알고 있나?"

"그의 양부인 제르니모 쉰들러 남작을 알고 있습니다. 종
종 같이 보았지요. 한데 그가 배신한 겁니까?"

"배신은 아니고, 양부가 죽었다고 하더군."

"무슨……."

"후작의 명령에 불만을 품은 베버 자작이 금주를 어기고
술을 마심에 그것을 제어하려다 태형을 받고 죽었다고 하더
군."

"그렇다 하더라도……."

"그렇게 따지면 후작도 배신 아닌가? 아니, 후작은 반역이로군. 왕국을 팔아먹은 매국노 말이야."

"그 무슨……."

해연히 놀라는 카베요 후작을 지그시 바라보며 카이론이 말을 이었다.

"앤드루 로스차일드 마샬 폰 나파시안. 알고 있는 이름 아닌가? 나파즈 왕국의 삼왕자 이름이지. 그리고 그가 현재 북카테인 왕국의 국왕을 자처하고 있다는 것도 말이야."

"……."

카이론의 말에 입을 다무는 카베요 후작이다. 잠시 동안 둘의 대화가 끊어졌다. 그러다 마침내 카베요 후작은 10년은 더 늙은 표정으로 입을 열었다.

"이제 와서 그것이 다 무슨 소용이라는 겁니까? 정작 필요할 때는 외면하신 주제에 말입니다."

"내가 외면했던가?"

"그것은……."

"또한 전대 국왕 역시 눈과 귀가 막혀 있을진대 어찌 알 수 있을까? 외면이라면 그것을 알고 있는 귀족들이 오히려 자신들의 권력을 지키기 위해 아비의 고통을 외면한 것 아니겠나?"

"…그렇다 하더라도 너무 늦었습니다."

"아니, 늦지 않았다."

그에 카베요 후작은 카이론을 바라봤다. 둘의 시선이 부딪쳤다. 카베요 후작의 눈가가 잘게 떨려오기 시작했다.

"그 말씀을 가슴에 새겨도 되겠습니까?"

"어디에 새기든 무슨 상관일까? 나를 위하지도 왕국을 위하지도 말라. 그대를 위하고 그대의 영지를 위하라. 단지 나를 따른다면 명성은 존재하겠으나 권력은 존재하지 않을 것이다. 또한 영지도 존재하지 않을 것이다. 왕국에서 녹봉을 받을 것이고, 영지가 아닌 사유지를 가져야 할 것이고, 왕국에 등용됨에 귀족의 품위와 왕국민의 안전에 만전을 기해야할 것이다."

# 제5장

장악

*Warrior*

카이론은 이미 카베요 후작을 자신의 휘하의 사람처럼 대했다.

"아직 결정하지 않았습니다."

"마샬 국왕을 섬길 요량이었다면 나와 이리 오래 대화하지 않았겠지."

"호기심일 수도 있지 않겠습니까?"

"때로는 호기심이 명을 단축할 때도 있지. 후작은 그것을 모르지 않을 것 같군."

"말로는 국왕 전하를 당할 자가 없겠습니다."

이제 조금 여유를 되찾았는지 한결 편안한 표정을 해보이는 카베요 후작이다.

"실력도 그러할 것이네. 이제 카테인 왕국은 다시 하나가 되어야 할 것이니까."

"물론 그렇습니다."

"하면 어느 정도나 걸릴까?"

"무슨……."

"후작이 거느린 병력을 온전하게 활용할 수 있을 때까지 말이야."

카이론의 질문에 급격하게 안색을 흐리는 카베요 후작이다.

"아시다시피 소신이 이끄는 북부군은 온전하게 소신만의 영지군이 아닙니다."

"그렇겠지. 그중 가장 요주의 인물이 누구인가?"

"슬라브첸 백작과 노이만 자작, 그리고 아나쉬빌리 백작입니다."

"그들만 없어지면 병권을 손아귀에 쥘 수 있나?"

"물론 그들의 가신까지입니다."

"대략 몇 명 정도지?"

"그들의 가신까지 한다면 대략 26명 정도일 것입니다."

"명단을 줄 수 있나?"

"여기 있습니다."

마치 이런 날이 올 줄 알았다는 듯 척척 들이대는 카베요 후작이다. 그의 그런 준비성에 카이론조차 당황할 정도였다.

"미리 준비했나?"

"그럴 리가 있습니까?"

"하면 이건 뭔가?"

카이론의 질문에 씁쓸하게 웃는 카베요 후작이다.

"그들은 소신을 감시하기 위해 붙여진 친 국왕파의 인물들입니다."

"그런가? 그들이 거느린 병력은 어찌 되나?"

"2만 5천입니다."

"절반이로군."

"그렇습니다."

그런 카베요 후작의 말에 카이론은 현재 북 카테인 왕국의 사정을 어느 정도 짐작할 수 있었다. 마샬 국왕을 지지하고 그에게 충성하는 귀족들과 그렇지 않고 틈만 되면 그에게서 벗어나고자 하는 귀족들로 나눠져 있었다.

그것은 아마도 마샬 국왕이 정통성을 가지지 못했고 온전하게 귀족들을 포섭하지 못한 이유가 가장 클 것이다.

남 카테인 왕국과는 달리 마샬 국왕은 귀족의 작위를 인정하고 그들을 포용하려 했다.

확실히 카이론과는 전혀 다른 노선을 걷고 있는 것은 분명했다. 그러하기에 그나마 전혀 명분이 없음에도 불구하고 어느 정도의 귀족들을 포섭할 수 있었던 것일 게다.

"뱀을 제거하기 위한 최선의 방법은 머리를 먼저 자르는 것이겠지."

"물론 그렇습니다만 쉽지 않습니다."

"괜찮아. 오늘이 가기 전에 그들은 제거될 테니까."

"그게 무슨……."

"들어오라!"

그에 카이론이 막사 밖을 향해 나직하게 외쳤다.

카이론의 부름에 네 명 인물이 들어서고 있다. 그중 두 명은 익히 알고 있는 이였다.

"자발레타 자작? 버지스 백작?"

"그렇습니다."

그들이 야전 탁자에 앉고 나서야 그들만 이곳으로 온 것이 아님을 알 수 있었다. 그리고 그들을 시작으로 몇 명의 인물이 카베요 후작의 처소를 찾아왔다.

모두 열 명으로 평소 자신의 측근이라 할 수 있는 인물들임은 말할 필요조차 없었다.

"이게 어떻게……."

"말하지 않았는가? 스튜어트 남작이 귀순했다고."

"그렇다 하더라도……."

"그는 꽤나 명석한 자더군. 현재 자신의 위치와 함께 주변을 세밀히 살필 줄 아는 그런 참모의 자질이 출중한 귀족이었네."

"그렇… 습니까?"

카이론의 말에 카베요 후작은 깊은 한숨을 내쉬었다. 어찌 모를까? 하지만 자신을 견제하는 귀족들 탓에 자신이 아끼는 자들조차도 곁에 두지 못했다.

"그렇다고는 하더라도 수가 너무 적군."

카베요 후작을 비롯해 그의 막사에 있는 열 명의 귀족 한 명 한 명을 둘러보며 카이론이 말했지만 없는 것보다는 나았다. 아니, 훨씬 나았다. 그런데 왠지 모르게 모자라다는 느낌이 들었다.

제거해야 할 귀족만 스무 명이 넘는다. 그런데 카베요 후작을 제외하고 고작 아홉 명이 다였다.

"더 없나?"

"몇 명이 더 있습니다."

"들었지?"

카이론이 키튼과 맥그로우 공작을 보며 말했다.

"발바닥에 땀나겠구만."

"알았으면 뛰어."

카이론의 말에 한 명의 사내가 후다닥 밖으로 나섰고, 나머지 여덟 명의 인원도 움직이기 시작했다. 그들은 들어올 때보다 더욱 은밀하게 움직였다.

"이제 기다리기만 하면 되겠군."

카이론은 그렇게 말하며 편하게 자리에 앉아 눈을 감았다. 잠을 청하겠다는 듯이 말이다.

"저어… 그런데……."

귀족 중 한 명이 조심스럽게 카베요 후작을 보며 물었다.

"저분은……."

"카테인 왕국의 유일한 지존이시지."

"그……."

믿을 수 없는 말이었다. 그런 사람이 직접 적진에 침투할 이유가 없기 때문이다. 자신들이 보기에 자신들을 이곳으로 오도록 한 자들 역시 만만치 않은 실력을 지닌 자들이었기 때문이다.

아니, 솔직히 만만치 않은 것이 아니라 상상할 수조차 없을 정도의 실력자들이었다. 그런데 그런 수하들을 두고 직접 움직였다? 말이 안 되지 않는가?

"그것이……."

"듣지 못했나?"

"무엇을……?"

"남 카테인 왕국의 국왕은 전투에 있어 가장 선두에 서고 병사들과 함께 숙식을 한다는 소문 말이네."

"물론 들었습니다. 하나⋯⋯."

"그것은 사실이었네. 우리가 믿지 않았을 뿐."

"그런⋯⋯."

카베요 후작의 말에 귀족들의 시선이 여전히 눈을 감고 편안하게 앉아 있는 카이론을 향했다. 저 덩치만 크지 그저 평범해 보이는 자가 카테인 왕국의 국왕이라니. 대체 이것을 어떻게 설명해야 할지 모를 지경이다.

"그래서 우리가 섬겨야 할 분은 오직 한 분이라는 것이지."

"그렇군요."

그렇게 말하고 침묵에 잠겨드는 귀족들이다. 그들은 이제야 알았다. 왜 그렇게 남 카테인 왕국의 병사들이 국왕에게 충성하는지 말이다. 자신들이라도 저런 모습을 보면 그러할 테니까 말이다.

＊　　＊　　＊

오늘 밤.

막사에 불을 켜고 아직 잠자리에 들지 못한 자는 비단 카베요 후작만이 아니었다. 마샬 국왕으로부터 그를 감시하라는 명령을 받은 인물인 슬라브첸 백작 또한 그랬다. 그는 이상하게 잠이 오지 않았다.

갑작스럽게 찾아온 불안감 때문이었다.

'모든 것이 생각대로 흘러가고 있다.'

애초에 계획한 대로는 아니지만 순조롭게 작전은 진행되고 있었다. 본대가 오기 전까지 튼튼하게 방비하고 적을 막아세울 준비는 완벽했다. 그런데 이상하게 가슴 한쪽에서 불안감이 스멀스멀 피어오르고 있었다.

'대체 뭐지? 뭐가 잘못된 거지?'

슬라브첸 백작은 어리석은 자가 아니었다. 어찌 보면 지극히 냉정하고 현실적인 사람이라고 할 수 있었다. 그러하기에 과감하게 카테인 왕국의 정통성을 무시하고 나파즈 왕국의 삼왕자인 현 북 카테인 왕국의 마샬 국왕에게 충성을 맹세했다.

그리고 그 스스로 그 선택이 탁월했다고 판단했다. 무려 40만이라는 압도적인 전력으로 남 카테인 왕국을 밀어붙인 것이다. 물론 압도적인 만큼 훌륭한 전과가 있는 것은 아니었다. 개전한 이후 몇몇 전투에서 패전 소식이 전해져 오기도 했다.

하나 결국은 압도적인 병력 차로 전쟁에서는 반드시 승리할 것이라는 생각을 하고 있었다.

전투의 패배에는 무언가 수가 있을 것이라 판단했다. 그렇게 생각하는 와중에 최초로 '이건 뭐지?' 하는 생각이 든 것은 바로 북부의 곡창지대로 일컬어지는 엘로크 평원이 남 카테인 왕국에게 점령당했다는 소식을 들은 직후였다.

그때 처음으로 약간의 불안감이 찾아왔다. 하지만 북 카테인 왕국의 대응은 실로 기민했다. 왕궁을 지키던 본대 중 절반을 코스발트에 전진 배치시키고 전장에 투입된 40만의 병력 중 8만의 병력을 엘로크 평원으로 돌린 것이다.

마치 이런 경우를 이미 예상이나 하고 있었다는 듯이 말이다. 그래서 속으로는 '역시!' 하는 생각을 했다.

'전장의 여우라 불리는 체스터 후작이다. 그러한 그가 세운 작전에 틈이 생길 이유가 없을 것이다.'

슬라브첸 백작은 그렇게 철썩 같이 체스터 후작을 믿었다. 체스터 후작 그 자체를 믿는 것이 아니라 체스터 후작의 그 귀신과 같은 작전 능력을 말이다.

'어쩌면 일부러 적의 병력을 불러들이기 위한 술책일지도 모른다.'

그런 생각마저 들었다.

하지만 그 생각은 곧이어 들려온 소식에 육두문자를 내뱉을 수밖에 없었다.

'그때는 정말 아찔했지.'

8만 중 3만의 병력을 인솔한 람파드 백작이 홀로 공을 세울 목적으로 남 카테인 왕국군과 접전에 들어간 것이다. 그리고 패했다.

확실히 객관적으로 봐도 무리가 있었다. 엘로크 평원을 점령한 남 카테인 왕국군의 병력은 무려 5만.

결코 상대하기 쉽지 않았고, 욕심이 과했다고 할 수밖에 없었다.

'그저 조금 기다리면 되었을 것을. 욕심을 조금만 버리면 되는 것을.'

입맛을 다실 수밖에 없는 상황이 되어버렸다. 그렇다 해도 아직 병력으로는 남 카테인 왕국에 밀리지 않는다. 본대의 2만이 합류하면 5만 대 7만이 되니까 말이다. 그래서 카베요 후작을 설득해 행군을 하기보다는 견고한 진지를 마련했다.

물론 카베요 후작의 독단이라는 형식을 취하기는 했지만 상황이 그렇게 돌아가도록 만든 것은 바로 자신이었다.

이제는 본대의 합류를 기다리기만 하면 되었다.

그런데 언제부터인가 불안감이 스멀스멀 그의 척추를 타고 뒷골을 강타하고 있었다. 심장이 두근거리며 평소보다 빠르게 뛰고 있다. 그는 곁에 두었던 검을 집어 들었다. 검을 집어 들자 다소 안심이 되는 것 같았다.

그때였다.

쉬익!

날카로운 파공성이 그의 귓가로 들려온 것이 말이다. 순간 슬라브첸 백작은 잡고 있던 검을 홀리듯 뿌렸다.

파캉!

"흐극!"

아찔한 통증이 손아귀를 통해 전해져 왔다. 그리고 그의 귓가로 들려오는 목소리.

"여어, 그래도 기사 출신 귀족이어서인지 한가락 하는데?"

지금 상황과는 전혀 맞지 않은 껄렁한 목소리가 들려왔다.

"누구냐?"

통증이 대단하긴 했지만 슬라브첸 백작은 이내 두 손으로 검병을 꽉 움켜쥐며 늦은 저녁을 틈타 자신을 찾아온 불청객을 향해 외쳤다.

그것은 밖에 있는 병사들에게 들으라는 의미도 있었다. 하지만 어찌 된 일인지 막사 밖을 지키고 있는 병사와 기사들의 기척이 느껴지지 않았다.

슬라브첸 백작의 눈이 불안하게 흔들렸다. 그런 슬라브첸 백작을 보며 흰 이를 드러내며 웃는 자.

"소용없을 거야. 들어오기 전에 사일런스 마법과 이미지 마법을 중복 실행시켰거든."

"거짓말!"

"쯧, 믿기 싫으면 말고."

기이한 양손검을 빙빙 돌리던 사내는 어깨를 으쓱해 보였다. 믿지 않아도 상관없다는 듯이 말이다. 그러면서도 여유가 넘쳤다. 그는 자신이 암습한 상대가 눈앞에 있다는 것도 잊었는지 막사 내부를 둘러보기에 여념이 없었다.

그런데 그런 사내의 모습이 묘하게 눈에 거슬리는 슬라브첸 백작이다. 마치 자신을 무시하는 것처럼 느껴졌기 때문이다. 평생 동안 누구에게 이런 대우를 받은 적이 있던가? 단연코 단 한 번도 없었다.

"이, 이놈이… 감히!"

분을 참지 못하고 외치는 슬라브첸 백작에 여기저기를 둘러보던 사내는 행동을 뚝 멈추더니 고개를 돌려 그를 바라봤다. 순간 슬라브첸 백작은 숨이 넘어갈 것 같이 헐떡일 수밖에 없었다.

자신에게로 향한 살기에 전신이 따끔거리며 숨조차 제대로 쉴 수가 없었다.

"조용히 있었으면 조금이라도 오래 살았지."

"이, 이… 죽엇!"

자신의 나약함을 떨쳐 버리기라도 하듯 발악하며 사내를 향해 쇄도해 들어가는 슬라브첸 백작. 그에 기이한 양손검을 지닌 사내 역시 지체 없이 대응했다. 검과 검이 맞부딪쳤다. 그런데 한쪽의 검이 잘려 나갔다.

그 한쪽의 검이 자신을 암습한 사내의 검이었으면 좋았겠으나 불행히도 자신의 검이 치즈를 자르듯 너무 쉽게 잘려 나가 버렸다.

'이게 무슨……'

그것이 슬라브첸 백작의 마지막 생각이었다. 눈 깜짝할 순간에 그의 목이 잘려나갔다.

스거걱!

투욱!

막사 바닥으로 떨어진 슬라브첸 백작의 목. 그것을 물끄러미 바라보던 사내는 양손검을 가볍게 휘둘러 피를 털어냈다.

후두두둑!

"그러게 그냥 가만히 있었으면 좋았을 것을 말이야. 그따위 자존심이 뭐라고. 하긴 뭐 귀족은 자존심 빼면 시체니까 이해는 하겠어."

이런저런 말을 하며 구시렁거리는 사내였다.

"보자~ 다음은 아나쉬빌리 백작인가?"

그렇게 말을 툭 내뱉은 사내는 이내 검을 갈무리하고 품속에서 무언가를 꺼내 외쳤다.

"텔레포트!"

밝은 빛이 터져 나오며 그의 신형이 허깨비처럼 사라져 버렸다. 남은 것은 슬라브첸 백작의 목을 잃은 신형뿐이었다.

그리고 또 다른 곳.

"흡! 누구?"

"자일로스 자작 맞나?"

"누······."

"맞나?"

검끝이 누워 있는 귀족의 목을 파고들었다.

주르르륵!

"마, 맞다."

"다행이군."

"무슨?"

푸욱!

"끄륵!"

또 한 명의 귀족이 죽었다. 하지만 귀족을 죽인 사내는 무표정하기만 했다.

"임무 완료."

그 또한 품속에서 슬라브첸 백작을 죽인 사내와 똑같은 것을 꺼내 들었다.

"텔레포트!"

이런 일이 곳곳에서 벌어졌다. 주인을 잃은 목이 피를 흘리며 막사에 떨어졌다. 그때 카베요 후작은 자신의 휘하에 있는 모든 귀족을 긴급 소집했다. 모두들 잠자리에 들거나 들기 위해 준비하던 시각인지라 적잖은 소요가 있기는 했지만 일단은 최고사령관의 명이니 급하게 차려입고 사령관 막사로 모여들었다.

하나 그들이 막사 안으로 들어왔을 때에는 전혀 다른 모습을 볼 수 있었다. 가장 상석에 앉아 있어야 할 카베요 후작이 오른쪽 두 번째 자리에 앉아 있고, 생전 보지도 못한 기사 두 명이 좌우 첫 번째 자리에 앉아 있는 것이다.

그중 한 명은 눈부시게 아름다운 여기사였다. 이 상황에 대해 물을 법도 했지만 너무나도 엄숙한 분위기 때문에 섣불리 물어보지 못하고 의문을 가득 품은 얼굴로 자신의 지정된 좌석에 앉아 있을 뿐이다.

시간이 흐르기 시작했다.

몇 명의 귀족과 기사들이 최고사령관의 막사로 더 들어왔다. 그중에는 검을 차고 완전무장을 한 채 들어온 자도 있었다.

'진중에 저런 기사도 있었던가?'

모를 일이 한두 가지가 아니었다. 의문이 꼬리에 꼬리를 물고 일어나고 있다. 그리고 상당한 시간이 지났음에도 불구하고 50여 개의 자리 중 절반도 채워지지 않았다.

'이게 어떻게 된 일인가?'

'아무리 견제하는 입장이라고는 하나 최고사령관의 소환

명령이거늘…….'

'무슨 일이 벌어진 것인가?'

귀족들과 기사들은 지금의 상황을 유추하기에 여념이 없었다. 하지만 누구 하나 입을 여는 자는 없었다.

"많은 것이 궁금할 것이라 생각하오."

그때 그들의 귀에 익숙한 목소리가 들려왔다. 바로 카베요 후작이었다. 현재 최고사령관의 막사에 참석한 모든 귀족과 기사의 시선이 그에게로 향했다.

"……."

귀족들과 기사들은 침묵했다. 무언가를 물어보기에는 분위기가 너무나도 무거웠기 때문이다. 만약 무슨 말이라도 할 경우 큰 사달이 날 것 같은 분위기였으니 서로 눈치를 보며 입을 열지 못했다.

"모두 알고 있을 것이오. 현 북 카테인 왕국의 국왕은 나파즈 왕국의 삼왕자라는 것을 말이오."

"커흠."

"크음."

"이제 와서 무슨……."

모두가 알고 있는 불편한 진실이다. 알면서도 그들은 마샬 국왕에게 머리를 숙였다. 지금에 와서 카베요 후작이 그 불편한 진실을 건드리자 그렇지 않아도 마뜩잖아하던 귀족들과 기사들은 단박에 불편한 기색을 드러냈다.

"또한 그를 섬기는 것은 카테인 왕국을 나파즈 왕국에 가져다 바치는 것과 다르지 않다는 것 역시 알고 있을 것이오."

"최고사령관 각하의 말씀이라고는 하나 상당히 불편하군요."

누군가 그의 말에 불만을 토로했다. 하나 카베요 후작은 결코 자신의 말을 멈출 생각이 없었다.

"명백한 현실이오. 피한다고 피할 수 있는 것이 아니오."

"해서 대체 어쩌자는 것입니까? 우리 모두 남 카테인 왕국으로 귀순하자는 것입니까?"

카베요 후작의 시선이 그렇게 말하는 귀족에게로 향했다. 귀족 역시 그의 시선을 회피하지 않고 맞받았다.

현재 이곳에는 그들을 감시하는 역할을 하고 있는 슬라브 첸 백작이나 노이만 자작, 아나쉬빌리 백작 등 그를 따르는 이들이 없었다.

왜 이런 상황이 만들어졌는지에 대해서는 모를 일이나 적어도 그들이 없는 곳에서는 귀족들과 기사들의 의견이 상당히 자유스럽게 오고 간다는 것이다. 그리고 지금 말을 한 귀족의 경우 마지못해 참전한 자로서 영지와 영지민이 아니었다면 진즉 남 카테인 왕국으로 넘어갔을 만한 인물이기도 했다.

그 귀족의 말에 카베요 후작은 얼굴을 굳히면서 잠시 말을 끊었다. 귀족이나 기사들 역시 마찬가지였다. 이제는 귀족들과 기사들의 시선이 바로 그 귀족에게로 향하고 있었다.

"시메네즈 백작, 그런……."

"조금 과한 것 같습니다."

볼프 백작과 바우어 자작이 그를 책망했다. 하나 시메네즈 백작은 자신의 생각을 굽히지 않았다. 아니, 오히려 더 고리눈을 하며 말했다.

"본작의 말이 틀렸습니까? 여기 계신 분 중 과연 진실된 마음으로 마샬 국왕을 섬기고 있습니까? 마샬 국왕을 섬기는 것이 결국 카테인 왕국을 버린다는 것을 알고서 말입니다. 솔직히 본작은 두려웠소."

모두의 시선이 그에게로 향했다. 그의 표정은 결연했다. 지금 이 순간 모든 것을 쏟아 부으려 한다는 것을 느끼고 그 누구도 그의 발언을 가로막지 않았다. 그는 친왕파가 없는 이상 충분히 영향력을 지닌 위치에 있었다.

"가문이 멸문당할 것이 두려웠고, 내 이 한목숨이 사라질 것이 두려웠소. 하나 귀족으로서 당연히 해야 할 것을 하지 못한다는 죄책감에 시달렸소. 본 백작 가문은 대대로 카테인 왕국에 뿌리를 두고 있었소."

그는 마치 독백하듯 조용하게 말하고 있었다. 하나 그의 음성은 지금 바늘 떨어지는 소리조차 들려올 법한 이 막사 안에서 천둥처럼 커다랗게 울리고 있었다.

"싫든 좋든 카테인 왕국이 본작이, 혹은 본 가문이 지켜야 하는 왕국이라는 것이오. 한데 겨우 두려움 때문에 해야 할 의무를 행하지 않음에 그 죄책감을 벗어나기 어려웠소. 하나 이제는 할 말은 해야 할 것 같구려."

그의 말이 거듭될수록 귀족들과 기사들은 얼굴을 굳힐 수밖에 없었다. 자신들 또한 그러했으니 당연한 일이다. 양심의 가책이라는 것, 당연히 해야 할 일을 하지 않고 숨조차 제대로 쉬지 않고 복지부동한 자신들의 모습을 그대로 표현하고 있었기 때문이다.

"카베요 후작 각하의 말씀이 맞소. 본작은 모국을 버리지 않으려 하오. 지금 이 순간부터 본작은 북 카테인 왕국, 아니 나파즈 왕국의 괴뢰 정권의 국왕의 명을 따르지 않을 것을 말이오. 비록 이 자리에서 죽는다 해도 말이오."

"그것이… 얼마나 큰 책임이 따르는지 알고서 하는 말이오?"

시메네즈 백작이 말을 마치자 볼프 백작이 안타깝다는 듯이 물었다. 이해는 하나 시류를 따라야만 했다. 그들이 말하는 시류는 바로 북 카테인 왕국이었다. 그래야만 살아남을 수 있었다.

"알고 있소."

"복수도 살아 있어야 할 수 있는 것이오."

"하면… 하면 이대로 불복할 수 없음에도 따라야 한단 말이오? 불의를 알고 참아야 한단 말이오? 언제 할 수 있을지 모를 복수를 위해서 말이오? 난 못하겠소. 복수를 위해 굽히는 이들을 욕하는 것은 아니나 적어도 지금의 나는 도저히 그럴 수 없소. 죽을 때 죽더라도 싸우다 죽겠소."

"허어~"

그의 말에 볼프 백작은 안타까움의 탄식을 내뱉었다. 평소 기사로서의 성향이 강한 시메네즈 백작이었다. 그러하기에 그를 따르는 기사들 역시 상당했다. 그는 또한 현명했다. 결코 과격하게 자신만의 생각을 주장하지 않았다.

평소 현재의 체계에 상당한 불만을 가지고 있었으며 공공연하게 현 왕국 체제에 대해 성토하던 그다. 그리고 오늘 마침내 그 불만이 터져 나온 것이다.

"본작은 시메네즈 백작의 의견에 동의합니다."

"본기사 역시……."

"본작 역시……."

두 패로 갈라졌다. 자신의 의견을 피력하지 않는 귀족과 기사, 그리고 시메네즈 백작의 의견에 적극적으로 가담하는 자들로 말이다. 그렇게 서로의 입장이 정리되자 그제야 그들은 지금까지 침묵하고 있는 카베요 후작을 바라봤다.

"본작은……."

카베요 후작은 앞에 놓인 컵을 들어 목을 축였다.

"카테인 왕국을 지지하오. 또한 스스로 카테인 왕국의 귀족이자 기사이며 신하임을 자처하는 바이오."

"그런……."

"허어~"

"그게 무슨……."

그의 발언에 일부 귀족들이 한탄을 쏟아냈다. 하나 그의 발언 후 곧바로 이어지는 그의 행동에 입을 벌릴 수밖에 없었다.

"에스캄비아의 후작 스테판 카베요가 카테인 왕국의 오롯한 지존이시자 만백성의 어버이이신 제28대 국왕 전하께 충성을 맹세하옵니다."

"무슨……."

"어찌……."

그제야 모두의 시선이 카이론에게 향했다. 지금까지 거의 존재감조차 보이지 않던 그다. 물론 그 좌우에 앉아 있는 키튼과 맥그로우 공작 역시 마찬가지였고, 그의 등 뒤로 도열해 있는 일곱 명의 기사들조차 존재감이 없었다.

그런데 카베요 후작이 충성을 맹세하는 그 순간 그들에게서 이루 형언할 수 없는 존재감이 뿜어져 나오기 시작했다.

특히 회의석상의 중앙에 앉아 있는 카이론의 존재감은 숨이 턱턱 막힐 정도였음은 말할 것도 없었다.

"에스캄비아의 후작 스테판 카베요를 카테인 왕국의 후작임을 인정한다."

나직하지만 강렬한 목소리.

"성은이 하해와도 같사옵니다."

그 말을 끝으로 카베요 후작은 바닥에 꿇은 무릎을 펴고 자신의 자리에 앉았다. 정적이 감돌았다. 어떤 이는 황당하다는 표정을, 어떤 이는 믿을 수 없다는 표정을 지어 보이며 지금의 상황을 믿으려 하지 않았다.

"또 없는가?"

카이론이 물었다.

갑작스런 카이론의 등장에 멍해져 있던 귀족 중 시메네즈 백작이 정신을 차렸다. 그의 얼굴이 보기 좋게 일그러졌다. 그의 입꼬리가 말아 올라갔다. 그리고는 그대로 바닥에 무릎을 꿇었다.

"마렝고의 백작 알버트 시메네즈가 충성을 맹세하옵니다."

"허한다."

그다음부터는 일사천리였다.

"코네쿠의……."

"볼드윈의……."

"드칼브의……."

지금 총사령관 막사에 모인 모든 이가 카이론에게 충성을 맹세했다. 카이론은 그저 말없이 고개를 끄덕일 뿐이었다. 참으로 알 수 없는 심중을 가지고 있는 카이론이었다.

분명 스튜어트 남작은 그에게 카베요 후작의 의사 결정에 조금이라도 걸림돌이 되는 세력을 완벽하게 제거해야 한다는 제안을 강력하게 피력했다.

그 연유는 그들을 제거하지 않고는 현재 카베요 후작이 이끄는 세력을 온전하게 흡수할 수 없었기 때문이었다. 하지만 카이론은 거기에서 한 발 더 나아갔다.

카이론이 귀족의 속내를 모를 리 없었다. 하지만 그들을 받아들였다. 왜냐하면 그 근원에는 그들이 어떤 행동을 취한다 해도 감당해 낼 자신이 있었기 때문이다.

스튜어트 남작은 자신이 그들을 설득하는 서신을 썼음에도 그 일이 무척 어려울 거라고 생각했다.

아무리 귀족이라 한들 조변석개처럼 변심할리 없다고 생각했으니까. 하지만 그것은 귀족을 너무 과대평가한 것이었다.

귀족이나 평민이나 죽음 앞에서는 평등하다. 따지고 보면 그들이 북 카테인 왕국의 국왕을 섬기는 것도 살아남기 위해 한 일일뿐이었고, 한 번 주인을 바꿨는데 두 번 바꾸지 말라는 법은 없었다.

카이론은 그것을 정확하게 꿰뚫고 있었고, 스튜어트 남작이 어려울 거라고 생각한 그 일을 손쉽게 해내고 있었다.

어찌 되었든 총사령관의 막사에 모인 모든 귀족과 기사가 카이론에게 충성을 맹세했다. 그리고 정신을 차린 그들이 가장 먼저 물어온 것이 있었으니…….

"문제는 슬라브첸 백작과 그를 따르는 반대 세력입니다."

"그런가?"

볼프 백작의 말에 카이론이 고개를 끄덕였다. 그것이 어떤 신호였을까? 맥그로우 공작을 비롯한 키튼과 그의 등 뒤에 도열해 있던 일곱 명의 기사들이 움직였다. 그들의 손에는 많게는 세 개, 적게는 두 개의 상자가 들려 있었다.

그들은 빠르게 회의 탁자 위에 그 상자를 놓는데 모두 스물여섯 개였다.

"이것이… 무엇입니까?"

"선물."

카이론의 선물이라는 말에 귀족들은 대체 이게 무슨 상황인지 몰라 어리둥절했다. 그에 시메네즈 백작은 궁금증을 참지 못하고 상자를 열었다.

그리고.

"이, 이것은……!"

모두의 시선이 열린 상자로 향했다. 그리고 그들 모두 경악에 찬 얼굴이 되었다. 시메네즈 백작이 연 상자에는 잘린 사람의 목이 들어 있었다. 그 목의 주인은 바로 슬라브첸 백작이었다.

그에 시메네즈 백작은 다급하게 그 옆의 상자를 열었다.

"허어~"

혹시나 했으나 역시나 그랬다. 상자에 들어 있는 자의 목은 바로 아나쉬빌리 백작의 목이었다.

털썩!

그에 시메네즈 백작은 자리에 힘없이 털썩 주저앉았다. 시메네즈 백작이 주저앉자 기사 중 몇 명이 나서서 나머지 상자를 열어보았다. 노이만 자작, 부시 남작 등 반대 세력을 형성하고 있는 귀족들과 기사들의 목이 모두 담겨 있었다.

"이들은 카테인 왕국의 유수의 귀족이자 기사들입니다."

카베요 후작이 나직하게 입을 열었다. 하지만 그의 말에는 어떤 감정도 담겨 있지 않았다. 당연한 일이지만 이 상황을 인정하지 못하고 혹시라도 반감을 가질 귀족들과 기사들이 있을 수 있어 그들의 이해를 돕기 위해 말한 것이다.

"그들은 카테인 왕국의 귀족이자 기사이기 전에 카테인 왕국의 영원한 숙적인 나파즈 왕국에 아국의 정보를 넘기고 왕국의 근간을 인정치 않은 역적이다."

누구 하나 카이론의 말에 수긍하지 않는 자는 없었다. 카테인 왕국은 나파즈 왕국을 죄인들의 왕국이라 일컬었다. 카테인 왕국에서 쫓겨난 죄인들이 모여 만들어진 왕국이 바로 나파즈 왕국이었기 때문이다.

그래서 카테인 왕국과 나파즈 왕국은 절대 양립할 수 없었다. 같은 선조를 두고 같은 뿌리를 두고 있음에도 불구하고 말이다. 그것은 오랜 시간이 지나 많이 희석되었다고는 하나 지금도 마찬가지였다.

심지어는 양국의 평민이나 상인들조차 서로 왕래를 안 하는 경우가 다반사였다. 두 왕국 사이에는 아직도 국교가 성립되지 않았으니 말이다.

가끔은 그런 양국의 앙숙 관계를 이용해 이득을 보는 이들도 있었지만 그렇다고 양국은 서로의 해묵은 감정을 접고 국교를 정상화하려 하지는 않았다.

그것이 바로 카테인 왕국과 나파즈 왕국과의 관계였다. 그런데 그런 나파즈 왕국에 정보를 팔아먹었을 뿐만 아니라 그들이 통치하는 데 적극적으로 가담했으니 역적이 아니고 무엇이겠는가?

"하면 소신들이 해야 할 일이 무엇입니까?"

"함정을 판다."

"함정입니까?"

카베요 후작은 바로 알아들었다. 함정이 말하는 의미, 그것은 지금 자신이 이끄는 부대에서 일어난 상황을 본대는 알지 못하고 있는 것을 말했다. 그들은 여전히 슬라브첸 백작이 건재한 것으로 알고 있을 것이다.

그것을 이용해서 적에게 일격을 날릴 수 있는 일이 대체 무엇일까? 그것은 바로 정보를 통제하고 이용해 적을 안으로 끌어들이는 것이다. 완벽하게 적을 기만해서 말이다.

"하나 빈자리가 너무나 많습니다."

"그쯤은 그리 어렵지 않을 것이다."

그러면서 고개를 좌우로 돌려가며 키튼과 맥그로우 공작, 그리고 그의 등 뒤에 도열해 있는 일곱 명의 기사들을 바라봤다.

"아직 소개하지 않았군. 과인의 우측은 남부를 지탱하는 일곱 개의 별 중 일곱 번째의 별이자 왕국의 검의 가문인 캐슬린 맥그로우 공작이라 한다."

카이론의 소개에 살짝 고개를 까닥해 보이는 맥그로우 공작. 그에 귀족들 역시 놀랐다. 전장에 여기사가 없는 것은 아니지만 어떻게 이 중요한 시기에 여기사가 국왕의 곁에 앉아 있나 했더니 다름 아닌 그 유명한 맥그로우 공작이라 하니 다시 보이는 것이다.

"그리고 과인의 우측에 있는 자는 일곱 개의 별 중 첫 번째인 키튼 알카트라즈 백작이다."

그리고 이어지는 카이론의 소개. 차례로 아홉 명의 소개가 끝났을 때 그들은 고개를 끄덕일 수밖에 없었다.

가장 먼저 소개한 두 명의 세븐 스타만큼은 아니지만 수많은 소문을 통해 위명이 쟁쟁한 자들이었기 때문이다.

그에 그들은 놀란 입을 다물 수 없었다. 그들의 작위는 최소 백작의 작위였다. 적어도 군단급을 지휘할 수 있는 지휘관이자 무력 또한 출중한 이들이다. 그런데 그러한 그들이 적진에 침투해 암습을 했다는 것이다.

자신들이었다면 결코 있을 수 없는 일이었다.

그러함에도 그들은 부하들이 해야 할 일을 자신들이 직접 함에 거리낌이 없고 오히려 자부심 가득한 얼굴을 하고 있었다.

그리고 그들이 더욱 놀라운 일은 일국의 국왕이 직접 움직였다는 데 있었다. 그에 시메네즈 백작이 참지 못하고 카이론에게 물었다.

"국왕 전하께 묻고 싶습니다."

"물으라."

"어찌하여 직접 행하신 것입니까? 일국의 국왕이라는 자리는 그리 가볍지 않은 자리이오며 결코 혼자가 아님을 모르시지는 않으실 터인데 말입니다."

어찌 보면 묻기보다는 질책에 가까운 말이었다. 그의 가벼운 행동에 대해 말이다. 카이론은 그런 시메네즈 백작에게 물었다.

"그전에 백작에게 묻겠다."

"답하겠습니다."

"본인이 움직임으로써 아군에게 아무런 피해도 없이 승리할 수 있다면 어찌할 것인가?"

"그야… 직접 움직일 것입니다."

"그렇지. 내가 나섬으로써 아군은 단 한 명의 사망자도 발생하지 않았다."

"하나 그것은……."

"아직 나의 물음은 다 끝나지 않았다."

카이론은 시메네즈 백작의 말을 끊었다.

"또한 가장 강한 자가 병력을 이끄는 것은 어떻게 생각하나?"

"당연히 그래야만 합니다."

"그러하지. 카테인 왕국에서는 과인이 가장 강하다. 또한 모든 작전을 가장 손쉽게 성공할 수 있다. 그 결과가 바로 이 것이다."

"하나 그리하신다면 언젠가는 옥체에 화를 입을 것입니다."

"그것이 두려웠다면 전쟁을 하지 말았어야지. 그리고 과인은 욕심이 있다."

"어떤 욕심이십니까?"

"과인이 죽은 후 세상에서 가장 큰 무덤 속으로 들어가고 자 한다."

"어찌하여 그런 욕심을 부리십니까?"

"카테인 왕국의 모두를 대표하여 지옥에 가는데 그 정도의 뇌물은 필요하지 않겠는가?"

"……."

카이론의 말에 모든 귀족과 기사들은 침묵할 수밖에 없었다. 그가 말한 욕심은 욕심이라고 할 수 없었다. 가장 많은 목숨을 취했으니 당연히 그가 갈 곳은 평민들이 말하는 천국은 아닐 것이다.

지옥 중에서도 가장 처참하고 고통스러운 지옥에 들 것이다. 그것을 의미하는 것일 게다. 그래서 지옥에 들어 조금이라도 편하기 위해 가장 큰 무덤에 갖은 금은보화를 가득 채울 것이라 한 것이다.

한편으로는 우스웠다. 지옥이 어찌 편할 것인가? 그러한데 그 지옥마저도 그저 자신이 당연히 가야 할 곳이라 생각하고 뇌물을 바칠 생각까지 하고 있으니 말이다. 다른 이가 그 말을 했다면 코웃음 쳤을 것이다.

'네놈이 과연 그럴 만한 능력이 있느냐?' 고 물었을 것이다. 하지만 그 말을 한 당사자가 일국의 국왕이라면 말이 달라진다. 그의 능력은 차고 넘치니까.

'과연……'

'이것이 진정한 국왕이지 않는가?'

'진정으로 목숨을 바칠 만한 주군이지 않는가?'

아마도 대부분의 귀족과 기사는 그렇게 생각하고 있을 것이다. 단 한 사람만 빼고 말이다.

'이 양반, 말은 참 잘해. 나도 저렇게 말하면 좀 있어 보일까?'

키튼이었다. 하지만 그는 그런 자신의 생각을 입 밖으로 내뱉을 정도로 무식하진 않았다. 그는 여전히 근엄한 표정으로 충성스러움이 가득 묻어난 얼굴로 카이론의 좌측을 충실히 지키고 있었다.

"물음에 대답이 되었나?"

"충분히… 차고 넘칩니다."

"그러면 되었군. 또한 들어서 알고 있겠지만 나의 왕국에서의 귀족은 그저 명예직일 뿐이다. 스스로의 가치는 스스로가 창출해야 한다. 세습 귀족도 없으며 세습되는 영지 또한 없다."

카이론이 귀족들과 기사를 바라보며 말했다. 하나 표정이 변하는 이는 없었다. 이미 남부에 적을 옮김에 그 정도는 충분히 각오하고 있었기 때문이다.

"과인이 그대들에게 줄 수 있는 것은 명예뿐이다. 지금이라도 마음을 바꾸고 싶은 자는 그렇게 하라. 이번만큼은 막지 않겠다. 하나 막사를 나서는 순간 적이 될 것이고, 적으로 만나는 순간 과인은 최선을 다해 그를 죽일 것이다."

막사를 나서는 이는 없었다.

이미 북 카테인 왕국이라고 해서 귀족의 권리가 오롯하게 지켜지고 있는 것도 아니었다. 바이큰 족과 오랜 전쟁을 거치고 이어진 내전 탓에 신분의 벽은 헐거워질 대로 헐거워졌다.

돈만 있으면 귀족이 되는 것은 문제도 아니었으며, 돈으로 매관매직하는 게 다반사였다. 그나마 여기에 있는 귀족들은 나름대로 영지를 잘 간수하고 영지민들로부터 존경을 받는 이들이라 할 수 있었다.

'결국 막을 수 없는 시류인가?'

'다시 과거로 돌아갈 수는 없겠지.'

인정한다. 다시 과거를 세우기에는 어려움이 있다는 것을 말이다. 그것이 발전이 아닌 퇴보라는 것 역시 충분히 알 수 있었다. 그리고 내전이 진행되면서 변하지 않으면 살아남을 수 없다는 것 역시 충분히 인지했다.

"인정한다면 함정을 준비하도록 한다."

"추웅!"

이곳에 모인 모두가 한마음 한뜻이 되어 충을 외쳤다.

'되었군.'

카이론은 이제 준비가 끝났음을 깨달았다. 그리고 내전 역시 서서히 그 끝을 향해 가고 있음을 알 수 있었다. 하지만 내전이 끝난다고 해서 모든 게 끝나는 건 아니었다. 어느 시기가 되었든 나파즈 왕국과의 일전이 남아 있었다.

그들이 내전이 끝남과 동시에 공격할 것인지, 아니면 그 후에 어느 정도 시간을 두고 공격할 것인지는 알 수 없었다. 하지만 자신이 마샬 국왕을 제거하는 그 순간이 바로 그들에게 침략의 빌미를 제공하는 순간이라는 것은 알 수 있었다.

나파즈 왕국과의 전쟁은 필수이다. 때문에 될 수 있으면 많은 병력을 확보하는 것도 문제라 할 수 있었다. 그리고 그들이 공격해 들어오기 전에 그들에 대한 정보를 확실하게 파악하는 것도 중요했다.

아마도 모르긴 몰라도 나파즈 왕국은 지금 서서히 준비하고 있을 것이다. 마샬 국왕이 이 내전에서 살아남을 수 없다는 것을 그들은 어느 정도 짐작하고 있을 것이다.

'문제는 흑마법사들과 그들이 만들어낸 키메라나 어둠의 권속들이겠지.'

그것이 가장 큰 문제였다. 그때가 되면 아마도 지금보다 더 처절한 전투가 벌어질 것이다. 피가 강을 이루고 시체가 산을 이룰 것이다. 인간의 시체를 뜯는 까마귀가 하늘을 새까맣게 뒤덮을 수도 있었다.

'내전을… 최대한 빨리 끝낸다. 그리고 선공을 취한다.'

이것이 카이론의 궁극적인 목적이었다. 나파즈 왕국이 미처 대비하기 전에 군을 몰아쳐 그들을 일거에 무너뜨리려는 그의 생각이었다. 그러하기에 군을 둘로 나눠 무리해서 진격해 들어가는 것이다.

# 제6장

로마노프 후작 Ⅰ

*Warrior*

"람파드 백작이 무너졌다고?"

"그렇습니다."

"욕심이 과했군."

"……."

로마노프 백작은 이번 코스발트의 사령관으로 임명되면서 백작에서 후작으로 작위가 상승한 상태였다. 그리고 그의 참모로는 같은 나파즈 왕국 출신인 호라시오 페티스 백작이 임명되었다.

"병력 지원은?"

"요청하기는 했으나 칼날 산맥의 갈로스 성이 함락당했다고 합니다. 지원이 가능할 것이라고 확신할 수 없습니다."

"그런가? 하면 카베요 후작군의 병력을 포함한 7만의 병력으로 그들을 전멸시켜야 한다는 말이군."

"카베요 후작이 현재 엘로크 평원의 초입인 슬라이허에 진채를 세웠다고 합니다."

"생각보다 괜찮은 자인가 보군."

"조금 유해서 그렇지 정세를 읽고 판단하는 데 있어서는 뛰어나다 할 수 있는 자입니다."

"그렇군. 아국의 영토임에도 불구하고 그들이 막고 우리가 치고 들어가는 꼴이로군."

"남부군 역시 견고하게 진채를 세운 그들 때문에 딱히 공략 방법이 없어 전선이 소강상태에 있는 것으로 압니다."

"그들이 점령한 성에서의 병력 소집 상황은?"

"어떤 이유인지는 모르나 병력의 추가 징집 없이 점령한 성을 지키고만 있습니다."

"음……."

가볍게 고개를 끄덕이는 로마노프 후작. 고마운 일이었다. 그들이 추가 징집하여 병력을 불린다면 오히려 힘든 전투가 될 뻔했는데 어떤 이유에서인지 그들이 추가 병력을 징집하지 않는다니 말이다.

기실 이해할 수 없는 것도 아니었다. 이미 북 카테인 왕국의 징집령에 의해 많은 장정이 빠져 나갔을 것이다. 특히 이곳은 북 카테인 왕국의 곡창지대.

그만큼 일손이 많이 필요한 지역이라 할 수 있었다. 북 카테인 왕국은 최소한의 인원만 남긴 채 많은 인원을 징집했다. 그것만으로도 원성이 자자했다.

이런 상황에서 그들이 추가로 징집하게 되면 어떤 현상이 일어날까? 반드시라고 할 정도로 반란이 일어날 가능성이 높았다. 그러하기에 그들은 점령한 성의 영지민들을 다독일 필요가 있었다.

그러하니 그저 지키기만 하는 것일 게다. 평원에 지어진 석성이라면 그리 간단하게 함락되지 않을 것이니까 말이다. 그러하기에 자신들이 2만이라는 대병을 몰아감에도 불구하고 점령된 엘로크 평원의 성에서는 어떠한 대응조차 하지 않고 있었다.

"어떤 면에서는 조금은 편하군."

"하나 그들을 패퇴시키지 않는다면 오히려 아군이 궁지에 몰릴 수도 있을 것입니다."

그건 그랬다. 엘로크 평원은 북부의 곡창지대이다. 그들을 패퇴시키고 엘로크 평원을 다시 손아귀에 넣어야만 하는 것이 로마노프 후작의 임무였다.

"그건 그렇고, 며칠 남았는가?"

"지금과 같은 속도라면 적어도 오 일 이내에 적의 후미를 잡을 수 있을 것입니다."

"적도 알고 있겠지?"

"이미 엘로크 평원은 남부군의 수중에 있습니다."

"어찌 되었든 시간을 단축시켜야겠군."

"이 이상의 행군은 말을 지치게 하고 군의 사기를 떨어뜨릴 것입니다."

"휴식은 도착해서도 얼마든지 할 수 있다."

"적의 기습을 생각해야 합니다."

"아니, 저들은 결코 아군을 기습하지 못한다. 바로 움직이지 않는 카베요 후작의 병력 때문에 말이다."

"그것은……."

물론 틀린 말은 아니었다. 하지만 중요한 것은 남부군의 참모가 '평범한 이라면' 이라는 가정했을 경우라는 것이다.

"무슨 걱정을 하는지 알고 있다. 하나 약간의 손실을 입더라도 전장을 빨리 회복하는 것이 중요하다. 또한 적들은 아직 본작에 대해 모르고 본작이 이끄는 일백의 기사에 대해서도 아직 모른다."

"뜻대로 하시길."

"고맙군."

물러나는 페티스 백작. 로마노프 후작은 멀리 엘로크 평원을 바라봤다. 끝없이 펼쳐진 평원. 그 위에 몇 개의 우뚝 솟은 성이 희미하게 보인다. 하지만 그가 바라보는 것은 평원이나 우뚝 솟은 성이 아니었다.

엘로크 평원에서 자신을 부르는 소리가 들려오고 있었다. 그 소리의 주인공은 바로 남 카테인 왕국의 왕인 카이론 에라크루네스였다.

"어쩌면 이것이 마지막 전투가 될 수도 있겠군."

로마노프 후작은 본능적으로 느끼고 있었다. 결코 쉽지 않은 싸움이 될 것이다. 그리고 만약 자신이 무너지게 된다면 자신이 섬기는 주군이 원하는 목적을 이룰 수 없을지도 모른다.

비밀리에 무언가를 준비하고 있는 것 같았지만 아직 그것은 완성 단계에 이르지 않아 보였다. 아마도 자신의 주군은 그 비밀 병기가 완성되기 전까지 움직이지 않을 것이다.

애초에 모든 것이 완벽하게 준비된 상황에서 돌입한 내전이 아니었다. 그 때문에 주군은 본국으로부터 신뢰를 잃게 되었고, 원조보다는 감시를 받아야 하는 처지에 놓이게 되었다. 주군의 입장에서 보자면 실로 억울하기 그지없는 상황이라 할 수 있었다.

그런 주군의 상황과 입장을 충분히 이해하고 있는 그는 지금의 상황에서 자신이 할 수 있는 모든 것을 할 요량이다. 흑마법에 의해 자신의 몸이 원래의 몸이 아닌 무언가와 결합되고 강제적으로 마스터의 경지에 오른 것조차 수긍할 정도로 말이다.

'나는 그분의 그림자이니까.'

자신은 그림자였다. 그림자는 그림자의 역할을 충실히 하면 되었다. 한평생을 그리 살아왔다. 돌이켜 보면 그리 아쉬움이 남지도 않았다. 다만 끝까지 주군을 모시지 못할 것 같은 불안감이 존재했다.

어찌 되었든 그는 전체가 경기병으로 이루어진 2만의 병력을 이끌고 엘로크 평원을 가로질렀다. 그 누구도 그의 앞길을 막는 이는 없었다. 그러한 그가 이끄는 병력이 남부군이 진을 치고 있는 곳을 우회하여 카베요 후작이 이끄는 병력과 합류하기까지는 그리 오랜 시간이 필요하지 않았다.

저 멀리 카베요 후작이 구성한 견고한 진지가 보였다.

배후를 제외한 세 방향으로 목책을 만들어 본채를 견고하게 지키고 있었는데 주변에서 흙을 끌어모아 작은 동산을 만들어 쌓고 각종 나무를 날카롭게 깎아 적의 진격에 대비하고 있었다.

한마디로 먼 거리에서 보기에도 감히 함부로 감당할 수 없는 수준의 진채로 견고하기 그지없었다.

"과연이라고 해야 하나?"

"방어하기에는 더없이 좋은 곳입니다."

"하나 나아가기도 쉽지 않겠군."

"애초에 카베요 후작은 사령관 각하께 창의 역할을 맡길 심산이었을 겁니다."

"스스로의 수준을 안다는 것인가?"

"욕심이 과하지 않고 상황 판단력이 훌륭하다 할 수 있습니다. 물론 호전적인 면에서는 조금 미약하지만 말입니다."

"어쨌든 그는 자신의 역할을 훌륭하게 해냈군."

"그렇습니다."

"전령을 보내게."

"바로 작전을 시작하실 겁니까?"

"글쎄… 어떻게 했으면 좋겠는가?"

"충분한 휴식이 필요합니다."

페티스 백작의 조언에 로마노프 후작은 고개를 주억거렸다. 하기는 그럴 만도 했다. 거의 쉬지 않고 엘로크 평원을 가로질러 왔다. 아무리 기습이 없는 상태라고는 하지만 주변을 경계하며 행군을 이어오는 것은 그리 간단한 일이 아님은 분명했다.

"합류가 먼저라는 말이로군."

"그렇습니다."

"하면 이쯤해서 진지를 구축하고 그들에게 전령을 보내야 겠군."

"옳으신 판단입니다."

"진행하도록."

로마노프 후작의 명에 페티스 백작은 곧바로 실행에 옮겼다. 그들이 진채를 구성하고 있음에도 불구하고 남부군의 동태는 여전히 아무런 움직임이 없었다. 그에 페티스 백작은 얼굴을 찌푸렸다.

'도대체 무슨 생각인 것이냐?'

도무지 상대방의 의도를 짐작조차 할 수 없었다. 평소의 정보로 알고 있는 남부군이라면 절대 이런 호기를 그냥 스쳐 보내지 않을 것이다. 반드시 어떤 술책이 따를 것인데 전혀 그런 기미가 없으니 오히려 더 불안해지는 것이다.

"걱정되는가?"

"그렇습니다. 너무 조용합니다."

고즈넉한 평원, 시원하게 끝없이 펼쳐진 평원, 고만고만한 언덕에 어디를 봐도 숨을 수 있는 공간은 보이지 않았다. 자신들은 아직 낮은 나무와 우거진 숲이 존재하는, 얼마든지 병력을 숨길 수 있는 엘로크 평원의 초입이었고, 남부군이 위치한 곳은 사방이 뚫린 평원이었다.

절대적으로 불리한 남부군이라 할 수 있었다. 어떻게 보면 그것은 당연한 것이라고 치부할 수 있겠으나 페티스 백작의 생각은 달랐다. 자신들이 불리한 입장이기에 더욱 적극적으로 어떤 작전을 펼쳐야만 했다.

한데 남부군의 진영은 너무나도 평화로웠다. 그저 어느 부대에서 훈련 나온 것 같은 그저 그런 풍경만 연출되고 있었다.

"무슨 수를 내고 있겠지."

"그것을 예측할 수 없어 불안합니다."

"수를 내면 박살 내면 그뿐."

"그러하기에는 적의 수가 너무나 많습니다."

"그래서 3만을 추가로 요청하지 않았는가?"

"그 병력이 당도할 수 있을지 모르겠습니다."

물론 추가 파병을 요청했지만 그 요청이 받아들여질지는 모를 일이다. 이미 칼날 산맥의 관문산성이라 일컬어지는 갈로스 성이 적의 수중에 떨어졌음에 어떻게 보면 전체적인 모양새로는 북부군이 밀어붙이고 있는 형국이지만 실제 안을 들여다보면 남부군은 북 카테인 왕국의 목 뒤와 턱 밑에 비수를 들이대고 있는 형국이었다.

"아니어도 상관은 없겠지. 지원군이 오지 않아도 병력은 이쪽이 더 많으니… 그나저나 카베요 후작 측에서는 연락이 왔나?"

"진채의 여유가 없어 새로이 진채를 마련하고 있으니 말미를 달라 합니다."

"어느 정도나?"

"족히 일주일은 필요하다 합니다."

"일주일이라……."

참으로 애매한 시간이었다. 길지도 짧지도 않았다. 이대로 평화로운 대치 상태가 지속된다면 상관없겠으나 시간이 없었다. 다급한 것은 남부군이 아닌 바로 북부군이었다.

"삼 일 이내로 끝내라고 하게. 그리고 전략회의를 할 것이니 각 연대급 이상 고위 지휘관을 소집하게."

"카베요 후작 측에도 전합니까?"

순간 로마노프 후작의 시선이 페티스 백작에게로 향했다. 평소라면 절대 이런 질문은 하지 않았을 그다. 또한 자신이 이곳에 당도하였음에 당연하게 작전에 대한 모든 지휘권은 자신에게로 넘어오게 되어 있었다.

즉 자신이 이 전투의 총사령관이라는 말이다. 그런데 지금 페티스 백작의 물음은 그 지휘 체계에 균열이 생겼음을 의미하는 듯한 묘한 물음이었다.

"무슨 문제라도 있나?"

"음. 소작이 잘못 파악한 것인지는 모르겠으나 카베요 후작 측에서 기묘한 움직임이 있다는 정보입니다."

"기묘한 움직임이라⋯⋯. 설마 지휘권을 가지고 힘겨루기라도 하겠다는 것인가?"

"⋯⋯."

로마노프 후작의 말에 페티스 백작은 침묵을 고수했다. 그에 어처구니없다는 듯이 입을 여는 로마노프 후작이다.

"허어, 이 무슨⋯⋯. 정말 그렇다는 말인가?"

"그렇습니다."

"쯧, 썩어빠진 카테인 왕국의 귀족 놈들이란⋯⋯. 이러니 왕국을 잃고도 대체 어떤 상황인지 파악을 못하는 게지. 멍청한 놈들."

"⋯어찌하시겠습니까?"

"경고를 보낸다."

"어떤⋯⋯."

"다시 전령을 보낸다. 전령은 일백의 어둠의 기사 중 안톤 드출러 경을 보낸다."

"그것은⋯⋯."

"문제가 있나?"

안톤 드출러라는 이름이 호명되자 페티스 백작은 얼굴을 일그러뜨릴 수밖에 없었다. 일백의 어둠의 기사 중 가장 강경하며 충실한 나파즈 왕국의 기사임을 자랑스럽게 여기는 자이다.

지금 이 상황에서 그를 전령으로 보내기에는 문제가 있어 보였다. 그가 전령으로 간다면 그 상황은 불 보듯 뻔했기 때문이다. 그는 당장에 복종을 입에 담을 것이다. 오롯한 나파즈 왕국의 충실한 신하로서 말이다.

화를 가라앉히기보다는 오히려 화를 키울 가능성이 농후한 자가 바로 안톤 드출러 경이었다. 그런 자를 전령으로 보내라니. 확실히 최강의 경고라 할 것이나 위험 부담이 컸다.

"그렇게 되면 오히려 분열을 조장할 수 있습니다."

"그러라고 보내는 것이다."

"그 말씀은……."

"이제 그들도 알 때가 되지 않았는가? 북 카테인 왕국은 그들의 왕국이 아닌 오롯하게 마샬 국왕 전하의 왕국이라는 것을 말이야. 그리고 북 카테인 왕국은 카테인 왕국을 이은 것이 아닌 대 나파즈 왕국의 속국임을 말이야."

위험하다는 것은 알았지만 도저히 입에 담을 수는 없었다. 이미 로마노프 후작은 결심을 굳힌 상태였다. 그렇다면 로마노프 후작의 말대로 강경하게 나가는 것이 맞았다. 복종과 굴복으로 말이다.

"아돌프 아이히만 경도 함께 보내시는 것이 어떻습니까?"

"이제야 내 생각을 읽은 게로군."

"조금 늦었습니다."

"그렇게 하도록."

"명을 따릅니다."

명을 내리는 로마노프 후작과 명을 받는 페티스 백작의 입가에는 가느다란 실선이 그어져 올랐다.

*　　　*　　　*

총사령관 막사에 두 명의 기사가 들어섰다. 그들은 상당히 넓게 만들어진 총사령관 막사를 둘러보았다. 상당히 많은 귀족과 기사가 보였다. 하나 그 두 기사는 그들을 보며 비릿한 비웃음을 떠올렸다.

"로마노프 후작의 전령인가?"

"그렇다."

"그렇다?"

"뭐가 잘못된 것이라도 있나?"

나란히 선 두 기사 중 우측에 선 기사가 말했다.

"감히 기사 주제에 이곳이 어느 안전이라고."

서슬 퍼런 호통이 들려왔다. 그에 좌측의 기사가 그 호통 소리가 들려오는 곳으로 시선을 돌렸다. 부리부리한 눈을 가진 기사였다. 그런 기사를 보며 비릿한 웃음을 떠올리는 좌측의 기사.

"먼저 신분을 밝히는 것이 예의 아니던가?"

"가필드의 기사 제레미 워커라 한다. 건방진 네놈의 이름은 무엇이더냐?"

"대 나파즈 왕국의 제3근위기사단의 아돌프 아이히만이라 한다."

"뭐, 뭐라?"

"도대체 무슨……."

아이히만 경의 말에 총사령관 막사에 있던 이들의 얼굴이 일그러졌다. 카테인 왕국에서 감히 나파즈 왕국의 근위기사단임을 자처하다니, 있을 수 없는 일이었다. 하나 아이히만 경은 오히려 그런 그들을 비웃었다.

"웃기는군. 모르고 있었나? 마샬 국왕 전하께옵서는 대 나파즈 왕국의 삼왕자이시라는 것을 말이다."

"감히……."

귀족들과 기사들의 표정이 과히 좋지 않았다.

"감히는 무슨, 그대들은 대 나파즈 왕국의 충실한 신하이다. 부정할 생각인가?"

장내를 둘러보며 입을 여는 아이히만 경.

그는 당당했다. 그런 당당함에 기가 질린 것인지 누구 하나 그의 말에 반박하는 이가 없었다.

"누가 그러던가?"

"뭐?"

그때 나직한 소리가 아이히만 경과 그와 함께한 드출러 경의 귀를 울렸다. 그에 그 둘은 곧바로 그 울림이 들려오는 쪽으로 시선을 돌렸고, 그들의 시선이 닿은 곳에는 네 명의 인물이 있었다.

'왜 보지 못했지?'

'느끼지 못한 것인가?'

순간 아이히만 경과 드출러 경은 살짝 인상을 찌푸렸다. 처음 이곳 총사령관 막사에 들어섰을 때 그들의 존재를 전혀 느끼지 못했다. 누군가의 목소리가 들리고, 귀족들과 기사들이 길을 텄음에 비로소 그 네 존재를 인지할 수 있었다.

이곳에서는 그 누구도 자신들의 수준을 넘어설 만한 이가 없었다. 그런데도 자신들의 이목에서 벗어났다는 것은 최소한 자신들과 동급이거나 그 이상이라 할 수 있었다.

'말도 안 돼.'

'있을 수 없는 일이지.'

그들이 그렇게 현실을 부정할 때 또다시 나직한 울림이 그들에게 들려왔다.

"누가 카테인 왕국의 귀족을 나파즈 왕국 따위의 충실한 신하라 하는가 말이다."

그제야 그 둘은 이것이 상상이 아닌 현실임을 깨달았다. 하지만 당황하지는 않았다. 그들이 보기에는 그저 나약한 자의 발악일 뿐이었다.

"크큭, 이런 맛도 있어야지. 지렁이가 꿈틀거리지 않으면 살아 있는 것이 아니니까."

"그렇기도 하군. 한데 네놈은 누구냐?"

그때 그들의 귓가로 껄렁한 목소리가 들려왔다.

"하! 요즘은 쫌밥도 안 되는 새끼들이 기어오르는 게 유행인가 본데?"

"음?"

"뭐?"

둘은 마치 쌍둥이처럼 반응했다. 그리고 그들의 시선에 잡힌 자는 나직한 울림으로 자신들의 간담을 서늘하게 한 이의 옆에 서 있는 자였다. 기사 같지는 않았다. 기사라면 응당 풀 플레이트 메일을 걸치고 있어야 한다.

하나 껄렁한 목소리의 주인공은 레더 메일을 입고 있었다. 어깨에서부터는 레더 메일도 없어 맨살이 있는 그대로 드러나 있었다. 이곳이 아닌 저잣거리에서 봤다면 그저 삼류 용병으로 보였을 것이다.

"나서지 마라."

다시 나직한 울림이 흘러나오며 껄렁한 자의 행동을 제지했다. 그리고 의자 깊숙이 묻고 있던 상체를 일으켜 세웠다.

앉아 있을 때는 몰랐으나 신형을 일으켜 세우고 나니 상상외로 거대한 체구였다.

"물었다. 왜 대답이 없는가?"

"흥! 대답할 가치가 없는 말이로군."

"지금 너희들은 누구를 위해 싸우는가? 북 카테인 왕국을 위해서? 하면 다시 묻지. 지금 너희들은 누구에게 세금을 바치는가? 또한 누구에게 귀족으로서 인정을 받고 있는가? 그 누구는 오로지 한 분. 바로 대 나파즈 왕국의 삼왕자이시자 카테인 왕국을 양분하신 앤드루 로스차일드 마샬 폰 나파시안 국왕 전하 아니더냐?"

"웃기는군. 누가 북 카테인 왕국을 인정했다더냐?"

"뭐?"

"감히 누가 있어 과인 앞에서 카테인 왕국의 왕임을 자처하느냔 말이다."

그러면서 거대한 체구의 사내는 그의 전신을 감싸고 있던 망토를 벗어 던졌다. 망토가 허공을 날아 땅으로 떨어져 내렸다. 그리고 드러난 모습. 칠흑처럼 검고 몸매가 그대로 드러나 보이는 풀 플레이트 메일.

단지 그것뿐이었다면 전령으로 온 두 기사는 놀라지 않았을 것이다. 망토를 벗어 던짐과 동시에 앞으로 내밀어진 그자의 손에 시선이 집중되었을 때 그들은 심장이 튀어나올 만큼

놀랐다.

카테인의 국왕임을 알려주는 인장이었다. 그것도 개국 인장이다.

"네놈……."

"감히 타국의 국왕 앞에서 허리를 뻣뻣하게 세우고 있는 것은 대체 어느 왕국의 법도인가? 너희가 그리도 자랑스러워하는 나파즈 왕국의 법도인가?"

카이론의 호통 소리가 총사령관 막사 구석구석까지 울려 퍼졌다. 하나 기사들은 결코 자신들의 생각을 번복할 기세가 아니었다. 그렇다고 그들이 충격을 받지 않은 것은 아니었다.

'어떻게……?'

'말도 안 돼!'

하나 현실이었다.

"꿇어라!"

"큽!"

카이론의 말에 두 기사는 답답한 신음성을 흘렸다. 갑작스럽게 어깨를 짓누르는 항거할 수 없는 압력 때문이었다. 그들은 어금니를 꽉 깨물었다.

뿌득!

이가 갈리는 소리가 들렸다. 하나 어깨를 짓누르는 무형의 힘은 없어지지 않았다. 시간이 지나면 지날수록 더욱 무겁게

짓눌렀다.

주륵!

두 기사의 코에서 핏물이 흘러나왔다.

투둑!

"크읍!"

무언가 끊어지는 것 같은 소리가 들림과 동시에 기사들의 입에서 핏물이 흘러내렸다. 그리고 무릎을 꿇었다. 꿇지 않으면 몸이 갈기갈기 찢어질 것 같았다. 의지와는 상관없었다.

지금도 그들의 의지는 무지막지한 무형의 기운에 버티고 있었다. 하나 정신과 달리 육체는 버티기를 포기하고 있었다. 자신의 의지와 상관없이 무릎을 꿇고야 말았다. 그에 두 기사의 얼굴은 흉신악살처럼 일그러졌다.

"주, 죽. 인. 다!"

마치 씹어 삼키듯 한마디 한마디 또박또박 내뱉은 두 기사. 마치 쌍둥이처럼 한목소리로 외치고 있었다.

"기회를 주지."

카이론의 말과 함께 그들을 짓누르던 무형의 기운이 씻은 듯이 사라졌다.

우두둑!

그에 꿇고 있던 무릎을 펴는 그들. 어긋난 무릎 뼈가 펴지고 순식간에 원래의 신색을 회복하는 두 기사였다. 실로 경이

로울 정도의 회복력이라 할 수 있었다.

하나 카이론은 이미 짐작하고 있었다는 듯 무표정하게 그들을 대했다.

그들은 무서운 눈빛으로 카이론을 쏘아봤다. 그들은 이미 카이론이 남 카테인 왕국의 국왕이라는 사실조차 잊어버린 듯했다. 키튼은 카이론의 옆에서 단단히 벼르고 있었다. 평소 국왕 대우도 잘 안 하고 농담처럼 대화를 하는 그였지만 카이론은 그의 가슴 깊숙한 곳에 가장 절대적인 존재였다.

그런 그에게 함부로 대하는 것은 그 스스로가 용서할 수 없었다. 하나 이 무대는 자신을 위한 무대가 아니라 바로 카이론을 위한 무대였다. 카베요 후작이 이끄는 병력을 복속시키기는 했지만 사람이란 그렇다.

눈에 보이지 않고 경험하지 않으면 그저 상상 속의 존재일 뿐이다. 이성적으로는 인정하나 감정적으로는 절대 인정하지 못한다. 그런 현실과 이성과의 괴리를 완벽하게 하나로 합칠 수 있는 것은 그들의 눈앞에서 빼도 박도 못하게 실력을 보여주는 것이다.

사실 전령으로 온 기사를 상대함에 있어 어찌 일국의 국왕이 나서겠는가? 나설 일이 없다. 그러하기에는 국왕이라는 자리는 그리 가벼운 자리가 아니었다. 하지만 생각해 보라. 엉덩이 무겁기로 유명하고 자존심은 여느 귀족보다 월등히

우월한 국왕이 직접 검을 들고 적들을 징치한다? 조금은 유치하다고 생각하고 혹시라도 이 상황이 만들어진 상황이 아닐까 의심할 수도 있었다.

하나 한 가지 분명한 것은 있었다.

'다르다.'

'적어도 소문이 과장되지는 않았군.'

이성적인 겉모습으로야 귀족으로서, 신하로서 그를 따르고 있지만 실제 마음속까지는 굴복하지 않은 그들을 완벽하게 굴복시킬 수 있는 방법이라 할 수 있었다. 완벽하게는 아니어도 카이론에 대한 반감은 충분히 상쇄시킬 수 있었다.

드쥴러 경과 아이히만 경은 스산하게 웃음 지었다.

'싸움은 덩치로 하는 것이 아니니까.'

물론 그들도 결코 작은 신장은 아니었다. 그들 또한 카이론 못지않은 당당한 체구를 지니고 있었다. 하나 아무리 그렇다 하더라도 상대방이 자신들보다 반 뼘쯤 더 큰 것이 사실이다.

카이론은 그들을 스치고 지나 막사 밖으로 나갔다. 그런 카이론을 따라 나서는 두 명의 기사와 막사 내부에 있던 귀족들과 기사들이다. 그리고 카이론이 도착한 곳은 병사들이 훈련을 하고 있는 연무장이었다.

카이론이 나타나자 기사들과 병사들은 훈련을 잠시 멈추고 연무장 주변으로 물러나 질서정연하게 착석했다. 마치 이런 일이 종종 있었던 양 말이다.

'정예병이로군.'

'훈련 정도가……'

그 와중에도 드츨러 경과 아이히만 경은 인상을 살짝 찌푸리며 일사불란한 기사들과 병사들의 행동을 바라봤다. 그들의 안중에는 이미 카이론이라는 존재는 없었다. 그는 국왕도 아니고 그저 자신들의 실력을 보여줄 제물과도 같은 존재였다.

물론 자신들의 무릎을 꿇게 할 정도의 대단한 실력이 있음은 인정한다. 하지만 그것은 자신들이 방심해서 당한 일일 뿐 방심하지 않았다면 절대 있을 수 없는 일이었다. 자신들이 따르는 로마노프 후작조차 자신들이 방심하지 않으면 쉽게 승부를 점칠 수 없었다.

물론 로마노프 후작의 실력은 자신과 같은 실력을 지닌 기사 열 명 이상이 한꺼번에 덤벼야 겨우 평수를 이룰 정도이다. 사실 그만한 실력을 지닌 자는 본국의 제퍼슨 브라운 후작 정도일 것이다.

그리고 내심.

'이자가 절대 로마노프 후작 각하를 넘어서지는 못할지니.'

'브라운 후작이나 로마노프 후작 각하와 같은 절대적인 기

사가 또 있을 리가 없지.'

그들은 그렇게 굳게 믿고 있었다. 그러하기에 이 자리까지 순순히 따라 온 것이고, 이 기회를 통해 힘의 수준을 저들에게 확실하게 알려주려는 것이다. 카이론과 두 기사가 마주 섰다. 두 기사는 눈에 힘을 주어 카이론을 쏘아봤다.

그의 팔이 들리고 손가락이 움직였다.

까딱까딱!

"오라!"

"건방진!"

"감히!"

카이론의 도발에 드출러 경과 아이히만 경은 분노성을 터 뜨렸다.

"죽엇!"

드출러 경은 왼손에 타워 쉴드를, 오른손에는 호스맨즈 플레일(풋맨즈 플레일과 동일하고 손잡이와 내려치는 봉을 쇠 장식이나 사슬로 연결한 무기)을 들고 방패 뒤에 몸을 숨기며 호스맨즈 플레일을 휘둘렀다.

드출러 경이 전면에서 압박하고 들어왔다면 아이히만 경은 어느새 카이론의 후미를 잡고 투 핸드 소드를 양손에 잡고 찌르고 들어왔다. 분노하기는 했지만 절대 이성을 잃은 모습은 아니었다.

아니, 오히려 너무나 날카롭게 연계된 공격에 보고 있는 이들마저도 놀란 눈을 할 정도였다. 하나 카이론은 뒤로 날아오는 공격을 언월도로 손쉽게 튕겨내고 회전하면서 드츌러 경의 호스맨즈 플레일의 공격군에서 벗어났다.

"놈, 미꾸라지 같구나!"

"그런가? 미꾸라지 같단 말이지?"

카이론의 눈이 치켜 올라갔다. 그리고 움직였다.

쐐에에엑!

날카로운 파공성이 일었다. 너무나도 갑작스럽게 변한 카이론의 기세에 적응하기도 전에 다시 한 번 공격해 들어가는 카이론. 그에 카이론에게 미꾸라지 같다고 한 드츌러 경은 화들짝 놀라 본능적으로 타워 실드를 들어 카이론의 언월도를 막아냈다.

파카아앙!

"크흡!"

답답한 신음성이 흘러나왔고, 그 충격으로 드츌러 경은 연무장 바닥에 발목까지 박혔다.

"역시 미꾸라지가 아니라서 방패로 막는군. 방패가 꽤 단단한가 보지?"

쉬아악!

말과 달리 카이론은 별로 놀라운 기색 없이 공격을 이어나

갔다. 방패가 쪼개지나 자신의 언월도가 쪼개지나 실험이라
도 하듯이 연신 거대한 방패를 두들겼다.

콰아앙! 콰앙! 콰앙!

쩍! 쩌적! 쩌저적!

방패를 몇 번 두들기지도 않았는데 방패에 금이 가는 소리
가 들렸다. 하나 드출러 경은 반격할 수 없었다. 방패를 든 왼
손에서 전해지는 강렬한 통증과 경력은 감히 함부로 몸을 드
러내지 못하게 했다.

'크윽! 이게 대체… 도대체 아이히만 경은 무엇을 하고.'

그는 방패에 마나를 둘러 최대한 방어하려고 했다. 또한 자
신이 이렇게 방어하는 동안 아이히만 경이 충분히 그를 공격
해 이 무지막지한 공격에서 자신을 벗어나게 할 수 있을 것이
라 생각했다.

하나 아이히만 경 역시 쉽게 그를 도와줄 수 없는 처지였
다. 그는 지금 허공을 누비는 두 자루의 검에 의해 옴짝달싹
도 하지 못하고 있는 상황이었다.

'이건 대체……'

놀랄 수밖에 없었다. 직접 휘두르지 않아도 허공을 누비며
상대를 공격하는 검이라니.

'마법 무구? 아니, 아니다. 있을 수 없다. 하면?'

불안한 예상이 스멀스멀 기어올라 왔다.

'혹시… 그랜드 마스터?'

카라라랑!

순간 정신없이 몰아치는 두 검에 의해 아이히만 경은 급히 몸을 피해야만 했고, 그의 생각은 더 이상 이어지지 못했다. 그러한 상황이니 그가 드출러 경을 도와줄 수 있을 리 만무했다. 그리고 드출러 경은 방패 안으로 자라처럼 목을 집어넣고 있어 밖의 상황을 볼 수 없었다.

만약 보통의 공격이었다면 절대 그런 일은 있을 수 없었다. 하지만 카이론이 방패를 내려치는 기세는 살갗을 찢을 정도였고, 애초에 왼손으로만 들고 있던 방패를 지금은 두 손으로 잡고 겨우 버티고 있는 상태였다.

콰앙! 푹! 지지직!

콰가강! 푸욱! 지직!

카이론의 언월도와 방패가 부딪칠 때마다 드출러 경의 발은 연무장의 바닥으로 조금씩 박혀들어 갔다. 그리고 그의 몸은 계속 밀리고 있었다. 어떻게든 이 상황을 벗어나 보려 했으나 벗어날 수가 없었다.

'이익!'

콰아앙! 콰지직!

"커허억!"

그리고 어느 순간 거대한 폭음과 함께 그가 들고 있던 방패가 박살 났다. 수없이 많은 파편이 드출러 경을 때렸고, 드출러 경은 순간 세상을 녹일 듯한 강렬한 열기가 전신을 덮치는 것을 느꼈다.

"쯧! 별로 단단한 방패가 아니었나 보군. 고작 몇 대에 박살 나는 방패라니, 나파즈 왕국의 방패는 다 이런가?"

카이론이 이죽거렸다. 하나 드출러 경은 그의 이죽거림에도 아무것도 하지 못했다. 지금은 정신과 육체를 가다듬기도 바빴다. 그런 드출러 경을 바라보며 카이론이 걸음을 옮겼다.

"처음의 기세는 다 어디 갔지? 나파즈 왕국 기사들의 실력은 고작 이 정도인가?"

"감히……."

"나파즈 왕국의 기사들이 할 줄 아는 말은 감히밖에 없나?"

순간 드출러 경은 실핏줄이 터져 붉어진 눈동자로 카이론을 바라봤다. 분명 자신을 보고 이죽거리고 있었으나 그의 눈동자는 냉정하기 그지없었다. 마치 오거가 쥐를 가지고 노는 것 같은 그런 눈동자.

그에 드출러 경은 품속에서 무언가를 꺼내 마개를 따고 마셨다. 그 일련의 동작이 어찌나 빠른지 제지할 틈이 없었다.

쩽그랑!

"크으~"

무언가를 마신 드츌러 경은 나직한 신음성을 내며 괴로워했다. 순간 그의 얼굴에 핏줄이 도드라지면서 붉게 변하고 부풀기를 짧은 시간 몇 번을 반복하다 마침내 원래의 안색으로 돌아왔다.

그가 서서히 일어섰다. 신장도 그대로이고 얼굴도 그대로였다. 바뀐 것은 아무것도 없었다. 하지만 카이론은 느낄 수 있었다. 드츌러 경의 내부에 이루 형언할 수 없는 사나운 마나가 거세게 휘몰아치고 있었다.

"마나 증폭인가?"

"크으! 느낄 수 있나? 이 강대한 힘을?"

"고작 그 정도로는 나를 감당하기 힘들 텐데?"

"후우, 후하하하! 이 강대한 힘으로도 너를 감당할 수 없다고?"

"그렇지. 그리고 그 힘, 시간제한이 있지 않나?"

"그, 그걸 어떻게……?"

"완성된 것이 아니니까. 그리고 그 부작용이 꽤 잔인하지?"

카이론은 마치 그 모든 것을 알고 있다는 듯이 말했다. 흑마법에 의한 마나 증폭.

자연적인 것이 아닌 인위적인 마나 증폭은 결국 흑마법이 늘 그렇듯 상당한 부작용을 예고한다. 바로 피에 대한 갈증이었다.

이들이 알고 있는 마나를 증폭시켜 주는 마법 무구는 결국 뱀파이어의 혈청과 같은 것이었다. 증폭된 마나와 그 마나를 감당하기 위해 사용하던 근육과 체력은 결국 피를 갈구하게 된다. 해결 방법은 역시 피를 마시는 방법뿐.

피를 마시지 않으면 마치 미라처럼 말라 먼지가 되어 사라진다. 때문에 흑마법에 의해 만들어진 마나를 증폭시켜 주는 물약을 마시고자 한다면 인간의 피를 마시겠다는 각오를 해야만 했다.

"크큭! 잔인할 것까지는 없지. 어차피 천한 노예나 평민들의 피는 지천에 널렸으니까 말이야."

마치 이미 인간의 피를 많이 마셔 보았다는 듯이 말하는 드출러 경. 순간 카이론은 어떻게 마나 증폭 물약을 마시자마자 이렇게 빨리 효과를 볼 수 있었는지에 대한 의문이 풀렸다. 평소 끊임없이 피를 흡수한다. 그러면서 스스로 강해지고 있다고 믿고, 실제 흑마법사들은 그것에 어떤 수작을 부려 다른 기사들보다 훨씬 더 빠르게 성장할 수 있도록 만드는 것이다. 이른바 이들은 자신들이 실험 대상이라는 것을 모른다는 것이다.

스스로의 강함에 취해 자신들이 하지 말아야 할 일까지 하게 되었음을 깨닫지 못하고 있는 것이다. 한마디로 이들은 골수까지 흑마법에 의해 지배당하고 있는 것이다. 그들 스스로는 스스로의 의지에 의해 모든 의사를 결정한다고는 하지만 그것이 아니었다.

"상종 못할 종자들이로군."

"크큭, 부러운가?"

"부러워?"

"부럽지 않은가? 이 강대한 힘이 말이다."

"별로 부럽지는 않군. 겨우 흑마법사가 만든 물약에 취해 똥인지 소슨지 모르고 날뛰는 너희들을 보면 말이다."

"크큭! 그런가? 그러면 죽어라!"

그의 무기인 플레일에 선명한 회색의 오러 블레이드가 시전되었다. 이미 최상급이었던 자, 순간적으로 마나가 증폭되면서 깨달음 없이 바로 마스터에 오른 것이다. 그런 드출러 경을 바라보며 비릿하게 웃는 카이론.

"오러 블레이드라고 해서 다 같은 오러 블레이드이던가?"

"무슨……"

스카각!

순간 드출러 경의 플레일이 정확하게 이분되었다.

"제대로 된 깨달음조차 없는 마스터가 어찌 마스터일까?"

"어림없는 소리!"

그에 드출러 경은 예비로 가지고 있던 두 개의 검을 빼 들고 득달같이 카이론을 향해 쇄도했다. 그의 두 개의 검이 기이한 호선을 그리며 카이론의 목과 복부를 노렸다. 여타 기사들에게는 눈으로 보이지도 않을 만큼 빠른 속도였다.

하나 카이론은 여타의 기사들과는 달랐다.

'너무 느려. 완성되지 않아서인가? 어딘가 부족해.'

부족했다. 자신의 머리에 담겨 있는 지식과는 전혀 달랐다.

'그 말은 결국 완벽하게 과거를 복원시키지 못했다는 말이겠지. 그러하기에 더욱 위험하고 포악한 것이고.'

카이론은 느릿하게 언월도를 찍어 내렸다. 그것을 빤히 보면서도 드츨러 경은 어찌할 수 없었다. 마치 전신을 모두 밧줄로 꽁꽁 묶어놓은 듯 옴짝달싹할 수 없었다. 그의 몸이 흑마법에 의해 변질되고 일시적으로 마스터의 경지에 올라 오러 블레이드를 시전했다고 해도 올바른 길로 오르지 못한 데에는 결국 한계가 있게 마련이었다.

드츨러 경은 지금 이 상황을 이해할 수 없었다. 자신은 마스터이다. 몸 또한 이미 오러 블레이드를 시전할 준비가 되어 있었다.

몸과 마나, 모든 것이 완벽했다. 그런데 어찌 된 일인가? 꼼짝도 할 수 없었다. 숨도 쉴 수 없었다.

그저 멍하니 자신의 정수리를 향해 쇄도해 오는 언월도의 날카로운 도신을 지켜보고 있을 뿐이다.

'뭐가… 잘못된 거지?

잘못된 것은 없었다. 단지 상대가 너무나 강했을 뿐. 그리고 상대에 대해 너무 몰랐고, 심지어 상대를 무시했다. 그것이 그를 죽음에 이르게 한 것이다.

쫘아악!

너무나 손쉽게 드출러 경이 죽었다. 남은 것은 아이히만 경뿐이다. 카이론이 신형을 돌려 세우자 아이히만 경은 입에 거품을 물고 있었다. 그 역시 마나 증폭 물약을 마셨다. 하나 그는 지금 전신이 급속도로 말라가고 있었다.

눈은 붉게 충혈되어 있고, 입에서는 연신 진득한 침과 각종 이물질이 흘러나오고 있었다. 그는 손으로 전신을 긁기 시작했다.

"끄아아아악!"

그의 칠공에서 흘러나온 핏물은 붉은색이 아닌 진득한 검은색이었다. 어찌 인간의 몸에서 어찌 저런 핏물이 흘러나올 수 있을까 하는 생각이 들 정도였다. 그런 모습을 지켜보고 있던 기사들과 귀족들은 그 강렬한 충격에 입을 다물 수 없었다.

"……."

서걱!

카이론의 언월도가 아이히만 경의 목을 잘라냈다. 그러함에도 핏물 한 방울 튀지 않았다. 마치 썩은 고목처럼 푸석하게 말라 버린 탓이다. 귀족들과 기사들의 얼굴이 딱딱하게 굳어가고 있었다.

언월도와 나노 튜브 블레이드를 갈무리한 카이론은 아직도 정신을 차리지 못하고 멍하니 죽어간 두 기사를 바라보고 있는 기사들과 귀족들을 둘러보았다.

"저것이 나파즈 왕국의 실체이다."

꿀꺽!

침을 삼킬 수밖에 없었다. 그들은 상상도 하지 못했다. 어찌 인간으로서 저런 일을 할 수 있단 말인가.

어찌 사람으로서 사람의 피를 마시고 실험체로 삼을 수 있단 말인가.

그들이 놀란 것은 당연했다. 그들의 입장에서 노예는 사람이 아니었다. 가축과 같은 존재였다. 하나 귀족과 기사는 다르다. 그들은 선택 받은 존재. 절대 더럽혀져서는 안 되는 존재였다.

그런데 기사들이 괴물이 되어버렸다. 그들이 일순간에 마스터에 올랐다는 것보다 하늘 아래 오롯한 귀족들과 기사들을 노예처럼 다뤘다는 것에 대한 충격이 더 큰 듯했다. 그리고 자신들 스스로를 그 노예의 구렁텅이로 몰아넣을 뻔했다는 생각에 더욱더 소름이 끼칠 수밖에 없었다.

"또한 그대들이 잘못 생각하고 있는 것이 있다."

카이론은 나직하게 바로 앞에 있는 사람과 대화하듯이 말하고 있었다. 하지만 그의 목소리는 여기 있는 귀족이나 기사할 것 없이 모든 이에게 똑똑하게 전해지고 있었다.

"사람이란 다 똑같다는 것이다. 단지 어떻게 살아가느냐에 따라 달라질 뿐이다. 노예나 평민에게 성을 맡긴다면 그들이 그대들보다 못할 것 같은가? 그대들 역시 마찬가지다. 귀족의 복장을 벗기고 노예의 옷을 입혀 평민들이 노는 거리에 내몬다면 그 누가 그대들을 귀족이라고, 기사라고 생각할까? 그대들이 그들과 다른 것이 무엇인가? 똑같지 않은가?"

왠지 반발하고 싶었다. 하나 반발할 수 없었다. 분명 인정하지 못하겠는데 카이론의 말에 반박할 말이 떠오르지 않았다.

'그래도 귀족인데……'

'어찌 천한 노예들과……'

수긍하지 못하겠다. 하지만 카이론은 그러한 그들의 생각을 알고 있다는 듯 입을 열었다.

"그대들이 아는 키튼 알카트라즈 백작, 그는 바이큰 족과의 전쟁에서 최전방에 배치된 성조차 없는 일개 중사였다. 그의 출신은 노예였지. 돈에 팔려 귀족가의 자식을 대신해 군에 온 그였다. 하나 그는 현재 카테인 왕국의 검이다. 그 누구도 그를 노예라 하지 않는다. 바람의 별이라 부른다."

그에 귀족들의 얼굴은 일그러질 수밖에 없었다.

"또한 그는 나와 유일하게 대적할 만한 인물이지. 그가 그대들보다 못하다고 생각하나? 내 생각에는 여기 있는 그 누구보다 그가 나에게 필요한 사람이다. 또한 맥그로우 공작은 여자다. 벽장 안의 꽃이라 불리는, 세력을 넓히거나 위기를 모면하기 위해 사용하는, 또는 대를 잇기 위한 용도로 사용하는 여자 말이다."

귀족들의 얼굴이 점점 더 일그러졌다.

"그녀는 계승권 없는 공작 가문의 유일한 생존자이고, 다시 카테인 왕국을 대표하는 검의 가문으로 가문을 일으켜 세웠다. 그녀는 일곱 개의 별 중 얼음의 별이라 불린다. 그녀가 그대들보다 못한가?"

침음성이 흘러나왔다. 이제는 포기한 듯한 표정을 지어 보이는 귀족들과 기사들이다.

"생각을 바꿔라. 바꾸지 못하면 그대들은 도태될 것이다. 그대들이 자랑스럽게 여기는 가문은 사라질 것이고, 그대들의 후대는 그대들을 원망하게 될 것이다. 내가 왜 이런 말을 그대들에게 하는지 아는가?"

모른다. 느닷없는 질문에 어찌 답할 수 있을까? 더구나 평소 생각해 보지도 않은 문제이다.

"그대들에게 마지막 기회를 주는 것이다. 바뀌지 않으면

살 수 없는 카테인 왕국을 위해 귀족으로서 모든 걸 누리면서
사는 게 아니라 명예로서 살 것인지 나파즈 왕국으로, 혹은
타 왕국이나 제국으로 넘어가 지금까지의 영광을 계속 누리
고 살 것인지 말이다."

"카테인 왕국을 버리고 타국으로 귀화한다 해도 허락하시
겠다는 말씀이십니까?"

"허락한다. 하나 곱게는 안 보내줄 것이라는 것은 알아두
거라. 남부 카테인 왕국에서 했던 것처럼 하게 되겠지."

"알겠습니다."

귀족들과 기사들은 생각에 잠겨들었다. 어떤 선택을 해야
할지 모를 지경이다. 카이론은 말없이 자신의 막사로 걸어갔
다. 그 뒤를 키튼과 맥그로우 공작이 따랐다.

# 제7장

로마노프 후작 II

*Warrior*

　로마노프 후작은 탁자 위에 풀어헤쳐진 두 개의 상자를 노려보고 있었다. 익히 아는 얼굴이다. 바로 그가 경고하기 위해 전령으로 보낸 어둠의 기사 안톤 드출러 경과 아돌프 아이히만 경의 목이다.

　드출러 경은 원래의 얼굴보다 두 배는 커진 얼굴 그대로, 아이히만 경은 마치 미라처럼 쪼그라든 채로 상자에 담겨 자신의 탁자 위에 놓여 있다. 그에 로마노프 후작을 비롯해 작전 지휘 막사 안에 모인 모든 귀족과 지휘관이 꿀 먹은 벙어리처럼 입을 다물고 두 개의 상자를 노려보고 있을 뿐이다.

"죽었단 말이지."

나직하게 울리는 로마노프 후작의 목소리.

"그것도 비약을 사용한 후에도 감당치 못하고 말이지."

"……."

그 누구도 입을 열지 못했다. 심지어는 언제나 그에게 조언을 아끼지 않았던 참모장 호라시오 페티스 백작마저도 굳건하게 입을 다물고 있었다. 그조차도 지금 이 상황을 전혀 예상하지 못했기 때문이다.

평소의 실력도 실력이지만 비약을 마신 후에는 한 단계 더 상승하여 기사들의 목표라 할 수 있는 마스터와 어깨를 나란히 할 수 있는 실력이 되는 그들이다. 그런데 그 둘이 모두 비약을 마신 채 돌아오지 못할 강을 건너갔다.

"카베요 후작의 진형에 이들을 상대할 만한 자가 있었던가?"

로마노프 후작의 시선이 페티스 백작에게로 향했다. 답을 요구하는 것이다.

"없습니다."

페티스 백작은 고개를 완강하게 저으며 단호하게 말했다.

"하면 이건 무엇인가?"

"모를… 일입니다."

"몰라? 모른다……."

로마노프 후작의 목소리가 무거워졌다. 막사 내의 모든 것이 얼어붙는 것 같은 느낌이 들었다.

　하나 페티스 백작은 결코 고개를 숙이지 않았다. 그런 페티스 백작을 바라보는 로마노프 후작, 그가 고개를 끄덕였다.

　"그렇군. 알 수 없는 것이 정상이겠지. 안다면 내가 모르는 사조직을 거느리고 있다는 말과 다르지 않으니 말이야. 어찌되었든 어찌해야 할까?"

　로마노프 후작은 페티스 백작을 인정했다. 그는 정말 충실한 자이다. 일말의 간사함조차 찾아볼 수 없는 진정한 신하이자 귀족이었다.

　로마노프 후작의 마지막 시험을 통과한 페티스 백작이 입을 열려는 그 순간, 막사의 출입구가 거칠게 열렸다. 그리고한 명의 기사가 허겁지겁 뛰어들어 왔다.

　"그, 급보입니다!"

　기사의 말에 막사 안에 있던 귀족 중 한 명이 외쳤다.

　"감히 지금 어느 안전이라고 그리 경망스럽게 행동하는가?"

　"그만!"

　그러한 귀족을 진정시키고 로마노프 후작이 다급하게 뛰어들어 온 기사를 바라보며 물었다.

　"무슨 일인가?"

"저, 적이 움직입니다."

"움직여?"

"그렇습니다."

"적?"

"그렇습니다."

"적이……. 남부군인가?"

"저… 그, 그것이……."

"아닌가?"

"그……."

정확하게 대답을 못하는 기사. 그런 기사의 태도에 귀족들이 인상을 찌푸렸다. 대체 정확한 것이 하나도 없었다. 적이냐고 물으니 대답을 못한다.

"감히 제대로 확인도 해보지 않고 보고하는 것이더냐?"

귀족들이 분노했다. 로마노프 후작이 이끄는 병력 중 저런 기사가 있다는 것 자체가 용납되지 않는다는 듯이 말이다.

"그만! 나가보지."

하지만 로마노프 후작은 기사의 표정에 역력히 드러난 당혹감을 읽을 수 있었다. 적인 남부군이냐는 질문에 답을 못했다. 그런데 적이라 표현했다. 무엇을 말하는 것일까?

그때 그의 머릿속에 한 가지 생각이 스쳤다. 바로 카베요 후작이 이끄는 병력이라는 것이다.

그가 일어서 막사를 벗어나자 귀족들은 불퉁한 표정으로 막사 밖으로 따라 나섰다. 그리고 그들은 볼 수 있었다. 자신들을 중심으로 앞뒤로 견고하게 인의 장벽을 쌓고 있는 적군을 말이다.

여러 개의 인장기가 나부끼는 것이 보였다. 각 부대의 인장기도 있었고, 카베요 후작의 인장기도 있었다. 하지만 그것보다 더 크고 화려한 인장기가 보였다. 황금색 바탕에 붉은 레드 드래곤이 수놓아 있는 인장기.

그것은 바로 남부군의 인장기였다. 아니, 카테인 왕국의 전통적인 인장기임은 두말할 것도 없었다. 뒤에 있는 병력 역시 마찬가지였다. 황금색 바탕에 붉은 레드 드래곤의 인장기. 침음할 수밖에 없었다.

그토록 조심했지만 카베요 후작은 기어코 남부군으로 적을 바꾸고 만 것이다. 북부군의 귀족들은 질서정연하게 도열해 있는 남부군의 병력을 볼 수 있었다. 그에 로마노프 후작과 그를 따르는 귀족들의 얼굴이 급격하게 어두워졌다.

혹시라도 적을 바꿀 것을 염려하여 그 휘하에 있는 지휘관 중 절반이 넘는 인원을 친왕파 귀족으로 배치했으나 마치 그 것을 비웃기라도 하듯이 남부군으로 돌아서 검을 돌려 자신들의 목에 비수를 들이대고 있다.

2만 대 10만. 그 누가 생각해도 절대 승리할 수 없는 병력의 수다. 중과부적이라는 말은 분명 이럴 때 사용하는 말일 것이다. 그렇게 얼굴을 딱딱하게 굳히고 있을 때 전면의 남부군 진영에서 한 명의 기사가 말을 몰아 전장 중심으로 나왔다.

그리고 외쳤다.

"우리는 적이 아니다! 같은 카테인 왕국민으로서 어찌 적이 될 수 있을까? 적대하지 않고 항거하지 않는다면 결코 그대들을 적으로 돌리지 않을 것이다! 하나 검을 들어 항거한다면 필시 피를 보게 될 것이다! 항복하라! 항복하면 모든 것을 용서할 것이다! 단, 이것 하나는 기억해야 할 것이다! 귀족들과 기사들은 가진 바 모든 것을 내려놓아야 할 것이다! 귀족과 기사는 그저 명예직일 뿐 그 어떤 권리도 인정치 않을 것이다!"

기사의 외침에 병사들과 귀족들 사이에서 작은 소요가 일어나기 시작했다. 그러나 작은 소요는 곧 상당히 큰 웅성거림으로 번져가고 있었다.

"저 말이 사실일까?"

"그럴 것 같구만."

"그걸 어찌 아나?"

"자네도 소문을 듣지 않았나? 남부군은 결코 항복하는 병사들에 대해 어떤 위해도 가하지 않는다는 것을 말이네. 심지어는 자유의사에 따라 군에 복무한다고 하면 경력에 따라 계급을 재조정한 후 군에 배치한다고 한다네."

"허어, 그것은 그저 소문일 뿐이지 않나?"

"소문은 무슨, 내 고향이 아치슨인데 그곳에 귀환병이 있었네. 그놈한테 들은 이야기니까 틀린 말은 아닐 거야."

"정말… 사실이었단 말이지?"

"그렇다니까 그러네."

병사들 사이에서 그런 소요가 일어나기 시작했고, 그 소요는 점점 커지고 있었다. 또한 귀족들 역시 다르지 않았다.

"저, 저… 건방진."

"어찌 신성한 신분의 체계를 무너뜨리는 발언을……."

"있을 수 없는 일이오! 당장 저런 망발을 일삼는 저들을 징치해야 합니다!"

"옳소!"

"당연한 일이오! 내가 그 선두에 서겠소!"

이쯤 되면 수적인 열세나 병사들의 사기쯤은 전혀 생각하지 않는 그들이 얼마나 어리석은지 알 수 있었다. 그런 그들의 모습에 로마노프 후작과 페티스 백작은 씁쓸한 표정을 지어 보였다.

'쯧쯧, 이러니 카테인 왕국이 무너졌지. 아국에게는 좋은 일이나 참으로 답답한 족속들이로구나.'

로마노프 후작은 혀를 찼다. 이곳의 귀족에게는 오로지 자신들의 안위만 있을 뿐 왕국이니 백성이니 하는 것은 이미 안중에도 없었다. 그러하기에 그 오랜 전통을 가진 카테인 왕국이 한 사람에게 농락당하여 두 개의 왕국으로 쪼개진 것이 아니겠는가?

한심하지만 자신의 입장에서는 저렇게 길길이 날뛰는 귀족들이 더 효용성이 높았다. 물론 세가 약하고 승패가 결정되면 또 마음을 달리해 승리한 쪽에 들러붙어 온갖 감언이설을 토해내겠지만 말이다.

그렇다고 해서 로마노프 후작 역시 자신이 진다고는 생각하지 않았다. 물론 두 어둠의 기사의 목을 벤 이가 적진에 있기는 하지만 그 정도의 실력을 지닌 자가 다수 있을 리는 만무했다.

아마 자신이 그들, 혹은 그를 맡으면 어둠의 기사가 나머지를 처리할 수 있을 것이다.

10만이라 해서 그리 버거운 것은 아니었다. 절반? 아니면 절반의 절반 정도만 죽여도 저들은 지레 겁을 먹고 도망치기 바쁠 것이다.

자신의 휘하에 있는 귀족들과 마찬가지로 카베요 후작의 휘하에 있는 귀족들 역시 물에 물 탄 듯 술에 술 탄 듯 이리저리 시류에 따라 움직이는 자들이 다수 포진하고 있을 터이다.

'다만 남부군의 병력이 얼마나 카베요 후작군과 섞여 있느냐가 중요한 관건이겠지.'

그랬다.

적에 대한 정보가 부족했다. 카베요 후작 측에서 친왕파의 귀족과 기사들을 제거했다면 적지 않은 소요가 일어났을 것임은 불 보듯 뻔했다. 5만이라고는 하지만 실제 그가 이끄는 5만 중 실제 전투에 참여할 수 있는 병력은 그리 많지 않을 것임이 분명했다.

반발이라는 것이 그렇게 하루아침에 잠재워지는 것이 아니니까 말이다. 그런데 5만 전부가 전열을 가다듬고 있다는 것은 바로 병력이 뒤섞였다는 것을 의미한다. 생각이 있는 참모라면 분명히 그럴 것이다.

"어떻게 생각하나?"

"후작 각하의 생각이 맞을 듯합니다."

"백작도 섞여 있다고 생각하는가?"

"그러하기에 저리도 급하게 전투에 나서는 것이 아니겠습니까?"

"승산이 있을까?"

"이미 역할을 정하신 것이 아닙니까?"

페티스 백작의 말에 그를 물끄러미 바라보던 로마노프 후작은 설핏 웃음을 짓더니 고개를 끄덕였다.

"일단은 기사대전을 신청한다. 기사대전으로는 어둠의 기사를 보내도록 한다."

"명을 받습니다."

하지만 그가 명을 내리기도 전에 남부군의 진영에서 한 명의 기사가 말을 달려 전장의 중심으로 나섰다. 하나 그 모습이 일반 기사와는 전혀 달랐는데 호리호리하고 선이 가는 것이 마치 여성을 보는 듯했다.

"본작은 영광스러운 카테인 왕국의 캐슬린 맥그로우 공작이라 한다! 누가 내 검을 받을 것이냐?"

순간 북부군의 진영에 싸늘한 정적이 감돌았다. 그들이 싸늘한 정적을 만들어낸 이유인 첫째, 과거 카테인 왕국을 대표하는 방패의 가문 맥그로우 공작 가문이 다시 모습을 드러냈다는 것에 일말의 불안감을 느꼈기 때문이었다.

맥그로우 공작 가문의 재건. 맥그로우 공작 가문은 카테인 왕국의 역사와 같이하는 가문으로 대대로 근위기사단장을 역임한 가문이다. 하기에 맥그로우 공작 가문은 카테인 왕국의 모든 기사단의 정신적인 지주와 다르지 않았다.

카테인 왕국이 둘로 나눠질 즈음 맥그로우 공작 가문이 멸문당했다. 단 한 명의 일족도 남기지 못하고 기사들의 정신적인 지주가 사라진 것이다. 그러니 기사들은 방황할 수밖에 없었고, 카테인 왕국의 사분오열을 가속시키는 데 결정적인 역할을 했다. 그런데 그런 맥그로우 공작 가문이 재건되었다. 귀족들은 불안했다. 그에 반해 기사들의 얼굴에는 미미한 떨림이 너울처럼 일렁이고 있었다.

그리고 두 번째로 맥그로우 공작 가문을 대표하는 당대의 가주가 여성이라는 것에 분노를 드러내고 있었다. 그 분노는 기사들의 분노가 아닌 귀족들의 분노였다. 귀족 가문의 여성은 그저 보기 좋은 벽장 속의 꽃이거나 정략적인 결혼을 해 대를 잇는 물건일 뿐이었다.

그런데 그런 여성이 이름도 드높은 맥그로우 공작 가문의 당대의 가주라니 있을 수 없는 일이었다. 아니, 도저히 용납이 되지 않았다. 기사라면 모를까, 가주라니. 거기에 일국의 일인지하 만인지상의 위라니.

"내 나가 저년의 입을 찢어놓고 오겠소."

끄덕!

기사도 아닌 귀족이 앞으로 나섰다. 용납할 수 없는 분노와 여기사쯤이라는 생각에 가장 먼저 나선 것이다. 죽인다면 가장 큰 공을 자신이 세우게 되는 것이다.

여기사가 아무리 뛰어나다 할지라도 신체적인 단점을 극복하기는 쉽지 않았다.

그것이 마스터에 이를 정도의 실력이 되지 않는다면 말이다. 또한 여성이라면 한 단계 위의 실력을 가진다 하더라도 충분히 체력적으로, 혹은 완력으로 이겨낼 수 있다 판단한 귀족이다.

현 북부군의 최고사령관인 로마노프 후작의 허락을 득한 귀족은 득의만면해 득달같이 말을 몰아 전장의 중심으로 나아갔다.

"와하하! 본작은 뒤셴의 남작 카르손 뒤셴이라고 한다! 내 감히 맥그로우 공작 가문의 명성을 더럽히는 네년에게 따끔한 교육을 내릴 것이다!"

거친 입을 자랑하는 뒤셴 남작이었다. 겨우 남작이 공작에게 이년 저년 하고 있는 상황이다. 그에 북부군 대부분의 귀족들은 피식피식 웃었다. 하나 기사들은 아니었다. 그들은 약간은 멍한, 혹은 분노한 표정을 지어 보였다.

"아무리 그래도 맥그로우 공작 가문이거늘……."

"귀족이나 되는 자가 어찌 저리 가벼운가?"

"진정 우리 기사를 그토록 가볍게 본 것이란 말인가?"

아무리 상대가 여성이라고는 하나 공작이었다. 그리고 아무리 전투라고 해도 기사로서, 귀족으로서 지켜야 할 예절이 있었다. 그런데 겨우 남작 주제에 그 모든 것을 깡그리 무시했다.

그러하니 기사들은 분노할 수밖에 없었다. 하지만 아직까지는 그저 찻잔 속의 태풍일 뿐이다. 그리고 그들은 일말의 희망을 가지고 전장의 중심을 바라보고 있었다. 상대가 여성 공작이라고는 하나 다시 기사들의 정신적인 지주로 돌아와 주기를 간절히 바라면서 말이다.

"예의가 없군."

"뭐?"

달려오는 뒤셴 남작의 귀에 싸늘한 목소리가 들려왔다. 어찌나 싸늘한지 전신의 피가 얼음처럼 차가워지는 것 같은 느낌이 들었다. 하나 뒤셴 남작은 애써 그 상황을 부정하고 그 싸늘함을 털어내려는 듯 크게 외쳤다.

"네년이 누구이건대 감히 맥그로우 공작 가문을 사칭하는가?"

"말했을 텐데? 캐슬린 맥그로우라고. 맥그로우 가문의 유일한 생존자라고. 너희들이 두려움에 떨며 외면한 과거 카테인 왕국의 방패라고."

그녀의 말은 나직했으나 너무나도 선명하게 뒤셴 남작을 비롯한 그를 응원하는 북부군의 귀에 들리고 있었다. 그녀의 목소리는 아주 서서히 죽어 있는 기사들의 정신을 일깨우고 있었다.

"이익! 죽어라!"

더 이상 뭐라 할 말이 없던 뒤셴 남작이 거친 소리와 함께 그녀를 향해 쇄도해 들었다. 찰나의 순간 둘이 타고 있던 말이 스치듯 지나갔다. 그녀의 백은발이 마치 은하수처럼 허공에 휘날렸다.

스카각!

검과 검이 부딪쳤다. 그에 뒤셴 남작은 아주 잠시 눈을 크게 뜬 후 다시 원래대로 돌아왔다. 그리고 말고삐를 잡아채 말을 돌려 세웠다. 그는 즉시 맥그로우 공작을 찾았다. 그가 그녀를 찾았을 때 그녀는 이미 전투가 끝났다는 듯 검을 늘어뜨리고 있었다.

"건방진……."

하나 뒤셴 남작은 더 이상 말을 잇지 못했다. 그녀를 향해 들어 올린 마상 장검의 중간 부분이 반듯하게 잘려 나가 있고, 자신의 목에서 땀인지 무엇인지 모를 무언가 흘러나오고 있음이 느껴졌다.

"어……."

무슨 말을 하려는 듯 뒤셴 남작이 입을 벙긋거렸다. 하나 아무런 말도 할 수 없었다. 순간 눈앞이 흐릿해졌다.

투욱!

그의 목이 말에서 떨어져 내렸다. 맥그로우 공작은 뒤셴 남작의 말 가까이 다가가 검면으로 뒤셴 남작이 타고 있는 말의 엉덩이를 가격했다.

히히히힝!

목 없는 뒤센 남작을 태운 말이 쏜살같이 북부군이 있는 곳으로 내달렸다.

"우와아아!"

"이겼다아!"

남부군 측에서 거센 함성이 들려왔다. 그에 북부군은 야유를 보냈다.

"우우우~"

그리고 북부군 측에서 한 명의 기사가 득달같이 튀어나왔다. 칙칙한 어둠이 전신을 감싸고 있는 기사였다.

"어둠의 기사단의 조장 카일럼 레오파드라 한다."

"그것이 다인가?"

"무슨 소리냐?"

"카테인 왕국의 기사인가?"

"그것은……."

"아니로군. 감히 나파즈 왕국의 기사가 어찌해 이곳에 있는 것인가?"

"그것이 문제가 되나? 현재 본 기사는 분명 북부군에 속해 있다."

"그 말은 북부군이 나파즈 왕국군이라는 말이로군."

"세 치 혀가 죽음을 재촉하는구나."

"글쎄… 그럴까?"

레오파드 경의 말에 맥그로우 공작은 말을 흐렸다. 아니, 그녀의 말 속에는 은근한 무시가 담겨 있었다. 그것을 느낀 레오파드 경의 얼굴이 붉으락푸르락했다. 감히 여기사 주제에 어둠의 기사인 자신을 무시하다니 어이가 없었다.

"죽.어.랏!"

한자 한자 끊어 내뱉으며 맥그로우 공작을 향해 쇄도하는 레오파드 경. 하나 맥그로우 공작은 그저 심유한 눈으로 그의 공세를 지켜보고 있다.

'훗! 얼었군.'

레오파드 경은 그렇게 생각했다. 그때 자신보다 한참은 늦게 출수하는 맥그로우 공작의 검이 보였다. 입가에 비웃음이 걸렸다.

'후발 선수라……. 말 같지도 않은 소리.'

그는 확실하게 자신이 승리했다고 생각했다. 약간의 시간이 지나면 저 어여쁘지만 상황 판단력이 느린 여기사는 자신의 검 아래 목을 떨굴 것이다. 그렇게 확신했다. 그리고 그런 생각을 증명이라도 하듯 자신의 검은 여기사의 목을 스쳐 지나가고 있었다.

그런데…….

'느낌이… 없어?'

느낌이 없었다. 목을 베는 감촉이 없었다. 그 말은 자신이 허공을 베었다는 것을 의미했다.

그는 다급하게 몸을 틀었다.

스각!

"크윽!"

레오파드 경은 알 수 없는 위압감을 느끼며 본능적으로 몸을 틀었다. 그에 따끔한 감각이 팔을 스치고 지나갔다.

힘없이 자신의 팔이 떨어져 내리고 있다. 아주 느릿하게 보였다. 하나 그것을 감상할 시간이 없었다.

또 다른 검이 그의 목을 향해 쇄도해 들어오고 있었다. 그에 레오파드 경은 그대로 말 위에서 누웠다. 그리고 품속을 뒤져 비약을 꺼내 들고 지체 없이 마셨다.

"끄으윽!"

지독한 고통이 몰려들었다. 잘려 나간 팔이 재생되기 시작했다. 물론 절대 짧은 시간은 아니었다. 그런데 맥그로우 공작은 그것을 지켜볼 뿐 공격해 들어오지 않았다. 그 모습에 레오파드 경은 치욕감을 느꼈다.

'감히…….'

자신을 상대로 여유를 부리고 있다. 무엇을 하던 너는 나를 당해낼 수 없다는 듯이 말이다.

전신의 신경을 가닥가닥 끊어내는 것 같은 고통이 서서히 사라지고 있다. 잘린 팔이 재생되었고 힘이 넘쳤다.

"후후, 실수한 것이다."

"실수? 실수는 네놈이 한 것 같구나."

순간 레오파드 경은 맥그로우 공작의 말의 의미를 깨달을 수 있었다. 하지만 망설이지는 않았다. 언젠가는 알려질 일. 조금 일찍 알려진다고 달라질 것은 없었다. 그는 무덤덤함을 가장해 떨어진 검을 주워 들었다.

후우웅!

그의 검에서 검은색의 오러 블레이드가 솟아났다. 맥그로우 공작의 얼굴이 살짝 굳었다. 그러다 말을 돌려 남부군 쪽으로 내달렸다.

"멈춰라! 어딜 도망가느냐!"

"미친 새끼야, 도망은 무슨. 선수 교체다."

콰아앙!

그녀를 따라 달리던 레오파드 경의 검에 거대한 충격이 전해졌다.

"크읍!"

레오파드 경은 자신의 진로를 방해한 자를 바라봤다.

작지 않은 체구, 단단해 보이는 모습. 하나 입에서 나오는 말은 상당히 껄렁했다.

"새끼들이 꼭 마지막에 물약이나 처먹고 말이야."

"네놈이 감히!!"

"이 새끼들은 꼭 할 말 없으면 감히래. 감히… 감히! 감히? 하여간 웃긴 새끼들이여."

"죽어랏!"

"제대로 된 오러 블레이드도 아닌 것을 가지고 우쭐해하는 꼴이라니."

그 말과 함께 유령처럼 레오파드 경의 옆을 스치고 지나가는 자.

툭!

어둠의 기사의 목이 떨어져 내렸다.

그는 죽은 어둠의 기사는 쳐다보지도 않고 북부군을 향해 외쳤다.

"나는 카테인 왕국의 백작 키튼 알카트라즈라고 한다! 다 덤벼!"

갑자기 조용해지는 남부군과 북부군.

"왜? 자신 없냐?"

2만의 북부군을 향해 외치는 키튼.

그의 이죽거림에 북부군이 동요했다. 하나 키튼의 그런 대담한 말에 남부군은 환호성을 내질렀다. 그 누가 2만이라는 대군 앞에서 광오하게 외칠 수 있을까?

"이노옴!"

"죽어랏!"

이번에는 한 명이 아니었다. 세 명의 기사가 빠르게 쇄도해 들어왔다. 그런 그들을 보며 키튼이 하얗게 웃었다.

"그래, 그래야지. 한 명은 솔직히 재미없거든."

키튼 역시 말을 몰아 자신에게 쇄도해 오는 세 명의 기사를 향해 달려 나갔다. 전장의 중앙에서 거친 숨소리와 진득한 살기가 충돌하기 시작했다.

우웅!

촤아앙! 카라라랑!

충돌한 네 사람은 결코 입을 열지 않았다. 서로 주고받는 공방만이 있을 뿐이다. 하지만 한 가지 분명한 것은 세 명의 흑의 풀 플레이트 메일을 착용한 기사를 상대하는 키튼의 모습은 여유롭기 그지없다는 것이다.

'그만 놀고 끝내지?'

그때 키튼의 귓가로 들려오는 목소리. 그에 한참 재미있는 판에 불청객이 끼어든다는 듯 살짝 안색을 찌푸리는 키튼이다.

'다 보인다.'

'에헤이, 무슨 말씀을. 이놈들 공격이 상당히 매서워서 그런 거요.'

'알았으니까 끝내. 그리고 로마노프 후작과 그를 따르는 어둠의 기사를 끌어내.'

'쳇, 알았수.'

카이론과 대화를 마친 키튼의 얼굴에는 이미 웃음이 사라지고 없었다.

"이제 그만 끝내자."

키튼의 말에 얼굴을 일그러뜨리는 세 명의 기사. 그들도 알고 있었다. 이 자가 자신들을 가지고 놀았음을 말이다.

"죽. 인. 닷!"

그러면서 그들은 품속에 있던 비약을 꺼내 들고 지체 없이 마셨다.

"크으윽!"

지독한 고통이 그들을 감싸고 돌았다. 이빨이 덜덜 떨릴 정도의 고통. 하지만 세 기사는 견뎌냈다. 키튼은 그런 그들을 제지하지 않았다. 오히려 기다려 주고 있었다.

"크흐, 좋군."

비약을 완벽하게 흡수한 세 기사가 득의만면해 키튼을 바라봤다.

"다 끝났냐?"

키튼이 물었다.

"크큭, 멍청한 놈. 기다려 주다니."

"그러게 말이야. 비약을 마실 때 죽였어야지."

"기사도라는 것이 목숨을 연명해 주는 것도 아니거늘."

각자 한 마디씩 하는 기사들이었다.

"큭! 새끼들, 내가 기사도나 운운할 놈으로 보이냐?"

"뭐?"

"구경 좀 해봤다. 밤일도 제대로 못할 것 같이 비리비리한 놈들이 어떻게 변하는지 말이다. 그런데 여전히 똑같네. 힘을 주체하지 못하는 어린놈들 같으니라고."

지독한 독설이었다. 그에 세 기사의 얼굴이 딱딱하게 굳어져 갔다.

"놈! 뚫린 입이라고 함부로 놀리는구나!"

"새끼들아! 싸움을 말로 하냐? 입술에 굳은살 박히겠다."

"이익! 죽어랏!"

"크와악!"

키튼의 이죽거림을 견디지 못한 기사들이 달려들었다. 그들의 검에는 예의 검은색의 오러 블레이드가 넘실거리고 있었다. 비약을 마시는 그 순간 그들은 이미 마스터가 된 것이다. 참으로 있을 수 없는 일이었으나 키튼은 이런 것쯤은 많이 봤다는 듯 싸늘한 비웃음을 떠올리고 있었다.

"자신의 노력으로 만들어진 것이 아닌 힘은 결코 자신의 것이 아니지. 속빈 수수 같은 것이거든."

키튼은 말의 배를 차 득달같이 달려오는 기사들을 향해 마주 달려갔다. 가슴을 향해 찔러 들어오는 검은색 오러 블레이드를 말 위에 앉은 채 어깨를 살짝 틀어 피해내는 키튼. 그에 기다렸다는 듯 허리를 쓸어 들어오는 검격.

순간 키튼의 신형이 말 위에서 사라졌다. 일순간에 두 공격을 완벽하게 회피한 것이다. 기사들의 시선이 키튼을 찾았다. 그 순간 키튼의 말이 기사의 옆을 스치고 지나갔다.

"나 찾냐?"

"헙!"

그 순간 말 아래에서 키튼의 신형이 불쑥 솟아올랐다. 그에 기사는 화들짝 놀라며 몸을 틀려 했다.

서걱!

하나 피할 수 없었다. 기사의 목을 자르는 그 순간 잘 벼려진 그의 쯔바이한더에서 눈부신 빛이 토해져 나와 기사의 목을 스치고 지나갔다. 키튼은 자신의 볼일을 다 봤다는 듯이 공중제비를 돌아 다시 말 위에 안착했다.

그리고 말고삐를 잡아채 반전한 후 다시 두 기사를 향해 쇄도해 들어갔다. 실로 순식간이었다. 기사들은 자신의 동료가 죽어가는 것을 보며 아주 잠시 동안 공황상태에 빠졌다. 너무나도 쉽게 죽어간 동료였다.

그들이 아는 한 자신들을 이토록 쉽게 죽일 수 있는 존재는 별로 없었다. 아무리 방심했다고 해도 자신들은 그리 쉬운 상대가 아니었다. 그런데 그런 자신들의 자존심을 무참하게 짓

뭉개는 존재가 나타났다.

키튼은 여전히 흰 이를 드러내며 웃고 있었다. 처음엔 그의 웃음을 실력이 미치지 못한 자의 만용이라 생각했다. 하지만 지금은 지옥의 사신보다 더 싸늘한 미소로 느껴졌다. 그렇게 그들이 정신을 차렸을 때 키튼은 어느새 그 둘의 지근거리에 접근해 있었다.

이것 역시 말도 안 되는 일이었다. 키튼이 들고 있는 검은 중병이자 장병이다. 그런데 간격을 포기하고 짧은 단병의 간격으로 접어들고 있었다. 이것은 키튼이나 두 기사나 다르지 않은 입장이었다.

그들 역시 마상 장검이었으니까 말이다. 결코 근접전이 달가울 리 없었다. 한 명의 기사가 빠르게 말안장에 두었던 단병을 집어 들었다. 하나 키튼은 그것을 노렸는지 지체 없이 기사의 목을 쓸어갔다.

"미친!"

욕이 나오지 않을 수 없었다. 키튼이 쯔바이한더의 중단을 잡고 그대로 기사의 목을 찔러 버린 것이다.

"끄륵!"

"새끼들, 꼭 검병만 잡으라는 법은 없지 않냐?"

그의 말이 맞았다. 검병이 있다고 꼭 검병만 잡으라는 법은 없었다. 그래서 미쳤다고 말할 수밖에 없었다. 검병만 잡으라는 법은 없지만 그렇다고 맨손으로 검신을 잡으라는 법도 없었으니까.

그런데 키튼은 순간적으로 손에 마나를 두르고 검신의 중단을 잡고 장병을 단병으로 만들어 상대를 죽였다. 살아남은 한 명의 기사가 당황했다.

"많이 당황하셨어요?"

키튼이 물었다.

"무슨……."

푸욱!

순간 심장 어림에서 화끈한 감각이 올라왔다. 마지막 남은 기사는 자신의 가슴을 바라봤다. 어느새 키튼의 검이 중간 부분까지 깊숙하게 박혀 있고 등 뒤까지 검신이 튀어나와 있었다.

"잘 가라!"

촤악!

키튼은 틈을 주지 않았다. 지체 없이 검을 그어 올려 버렸다. 그리고 다시 휘청거리는 기사의 목을 베어버렸다. 비약을 마신 존재를 확실하게 죽이는 방법은 목을 베는 것이었다.

"우와아!!"

남부군의 진영에서 거센 함성이 터져 나왔다. 그에 반해 북부군의 진영은 침울하기 그지없었다.

다섯 명의 기사가 나가 단 한 명도 살아 돌아오지 못했다. 완패한 것이다. 사기가 이만저만 하락한 것이 아니었다.

로마노프 후작은 씁쓸한 표정으로 전장을 바라봤다. 이제는 결정을 해야만 했다. 군을 물릴 수는 없었다. 남은 것은 오로지 전면전뿐이었다. 그가 마지막 결정을 하기 위해 전장을 바라봤을 때 전장의 중심으로 일단의 병력이 달려 나오기 시작했다.

얼추 보기에도 일백 명가량이다. 그 순간 로마노프 후작은 깨달았다. 상대는 전면전을 원하지 않았다.

'그렇다면?'

로마노프 후작은 주변을 훑어보았다. 귀족들은 아직 충격에서 벗어나지 못하고 있었다. 그런 그들을 보며 가볍게 혀를 차는 로마노프 후작.

"어둠의 기사를 준비시키게."

"알겠습니다."

"그리고……."

로마노프 후작은 뭔가 더 할 말이 있는 듯 입을 열었다. 페티스 백작은 이미 기다리고 있었다는 듯 자리를 벗어나지 않고 있었다.

"저 멍청한 귀족들, 잘 단속하게."

"단속이라 하심은……."

"보이지 않나, 저들의 모습이?"

"그야 물론."

"갈등하고 있겠지. 남부군으로 넘어가느냐, 아니면 이대로 남느냐."

"하면 비상령을 발동시키도록 하겠습니다."

"그렇게 하도록."

그렇게 명령을 내렸을 때 전장의 중심에서 외치는 소리가 들려왔다.

"카테인 왕국의 28대 국왕 카이론 에라크루네스다! 이신바예 로마노프 후작은 어둠의 기사들과 나서라! 이미 승부의 추는 기울었다! 굳이 병사들까지 나설 필요가 있는가?"

카이론의 외침을 들은 로마노프 후작은 곧바로 자신의 애마에 올라탔다. 그리고 말을 몰아 어둠의 기사들이 있는 곳으로 향했다. 어둠의 기사들은 이미 진득한 살기를 내뿜으며 그를 기다리고 있었다.

"준비는 되었는가?"

"추웅!"

"출발한다."

검은색 망토를 휘날리며 몸을 돌려세우는 로마노프 후작. 그 뒤를 따르는 어둠의 기사. 그들의 표정은 여전히 냉랭하기 그지없었다.

아니, 냉랭하기보다는 진득한 분노와 살기를 줄기줄기 뿜어내고 있었다. 그들의 분노와 살기는 주변을 온통 잠식해 들고 있어서 그들을 둘러싸고 있던 병사들은 자신도 모르게 주춤거리며 뒷걸음질 쳤다.

두두두!

일백의 말이 달려 나갔다. 2만의 병력 중 고작 일백이지만 그 기사는 2만을 충분히 압도할 만했다.

"새끼들, 똥폼은······."

그들이 달려 나오는 모습을 보고 키튼이 이죽거렸다.

"조심해야 할 것이야."

"무슨, 그냥 족치면 되는 거지요."

"그들이 비약을 마시기 전에 최대한 수를 줄여하니까."

"하기는······."

그들이 비약을 마신다면 뒤에 있는 기사들이 위험해질 수 있었다.

비약을 마신 그들을 감당할 수 있는 사람은 자신과 국왕 전하, 그리고 맥그로우 공작 정도였다. 그 이외에는 상당한 실력을 지녔다고는 하지만 그들을 감당해 내기에는 어려움이 있었다.

몇 명의 인원이 비약을 마신 기사들을 상대할 수는 있겠으나 압도하지는 못할 것이다. 그전에 자신들이 압도적으로 몰아붙여 어둠의 기사의 수를 줄여야만 했다. 그중에 카이론은 또 열외가 될 수 있었다.

그는 로마노프 후작을 담당해야 한다. 어둠의 기사 중 가장 강한 자를 꼽으라면 바로 로마노프 후작이라 할 수 있을 것이다. 키튼조차도 그를 상대함에 있어 경시할 수 없는 존재였다.

하지만 키튼은 별로 걱정하지는 않았다. 카이론이 패할 것이라고는 생각하지 않았다.

그가 합류한다면 결코 어렵지 않게 어둠의 기사들을 제거할 수 있을 것이다.

"가지."

"……"

카이론의 말에 모두 말을 몰아나갔다. 처음에는 아주 천천히, 하지만 조금씩 속도를 올렸고, 마침내 전장의 중앙에서 일백에 달하는 어둠의 기사들과 마주하게 되었다.

카이론과 로마노프 후작의 시선이 얽혀들었다.

"오랜만이라고 해야 하나?"

"언제 본 적 있던가?"

"없지. 하나 너무나 오랫동안 들어온 이름이라 친근하게 느껴지는군."

로마노프 후작은 마치 오랫동안 보지 못한 친구를 대하는 것처럼 카이론을 대했다.

"나는 별로 친근하지 않군."

카이론이 그런 로마노프 후작의 말을 단칼에 잘라 버렸다. 하나 그런 카이론의 태도에도 별로 날카롭게 대하지 않는 로마노프 후작이었다.

"어쩌면 이것이 내 마지막일지도 모르겠군."

"알고 있었나?"

로마노프 후작의 말에 카이론이 입을 열었다. 그에 로마노프 후작은 씁쓸한 웃음을 떠올렸다.

"물론 본작이 흑마법에 의해 마스터에 오른 것은 사실이지만 그만큼 노력도 했기 때문에 완숙의 경지에 오를 수 있었다. 그 완숙의 경지에 오르고 나서 당신을 보니 어쩐지 당신은 이미 아득하게 높은 곳에 있는 것 같다는 느낌이 들더군."

"처음이군."

"무엇을 말인가?"

"스스로 자신의 수준을 알고 상대의 수준을 파악할 줄 아는 자는 말이야."

"에라크루네스 공작은 그렇지 않았던가?"

로마노프 후작은 담담하게 물었다. 어쩌면 그 담담함 속에 비수가 들어 있을지도 모를 발언이기는 했다. 에라크루네스 공작은 카이론의 아버지였으니까 말이다.

"그러기에는 어둠의 힘이 골수까지 장악해 이성이 흐려졌지. 그렇게 만든 것은 그쪽이 아니던가? 그것은 나보다 더 잘 알 텐데?"

카이론의 말에 어깨를 으쓱해 보이는 로마노프 후작이다.

"설마 그렇게 나약할지는 몰랐지. 그래도 자식을 제물로 삼은 독심을 가진 아비였으니까."

"언제까지 그런 말만 늘어놓고 있을 텐가? 한가하게 노닥거리고 있을 처지가 아닐 터인데? 이곳을 빨리 수습하고 남서쪽에서 왕도로 진군해 들어가는 왕국군을 막아야 할 터인데?"

카이론의 말에 여유롭게 격장지계를 사용하던 로마노프 후작의 얼굴이 굳어졌다. 하나 드러날 때보다 더 빠르게 사라졌다.

"그쯤이야 전하께옵서 알아서 하시겠지. 그 정도로는 아국을 어찌할 수 없을 테니 말이야."

"웃기는군."

"웃기다? 무엇이 말인가?"

"본왕이 언제 너희들을 인정했던가? 나파즈 왕국의 귀족들과 기사들은 착각이 심하군."

카이론의 말에 무덤덤함을 가장하고 있던 로마노프 후작의 얼굴이 미미하게 떨렸다.

"무너져 가는 왕국을 부여잡고 일으켜 세우려는 모습이 가상하구나."

"어디가 무너져 가는 왕국이라는 것인가? 불행히도 너는 볼 수 없겠으나 무너지는 것은 나파즈 왕국이 될 것이다."

"흥! 자존심이라는 것인가?"

카이론의 말을 로마노프 후작은 자존심으로 치부해 버렸다.

"말로만 싸울 텐가?"

그리고 이어지는 카이론의 말에 로마노프 후작의 눈썹이 꿈틀거렸다. 그러다 진득한 살소를 베어 물었다.

"크큭. 조금이라도 일찍 죽고 싶다는데 들어줘야겠지?"

스르릉!

그가 검을 빼 들고 길게 늘어뜨렸다. 그에게서 스산한 기운이 스멀스멀 솟아나고 있다. 그에 맞춰 그의 뒤에 도열해 있던 어둠의 기사들 역시 기세를 높이기 시작했다.

"이제야 싸울 마음이 생겼나 보군."

"후회하게 될 것이다."

"후회할 생각이었다면 나서지도 않았지."

"그런가? 두고 보지! 공겨억!"

"추우웅!"

로마노프 후작이 검을 들어 카이론을 가리키며 말을 몰아

나갔다. 그에 일백에 달하는 어둠의 기사 역시 말의 배를 힘껏 차 내달리기 시작했다. 그에 카이론도 나직하게 입을 열었다.

"공격!"

굳이 소리를 높일 필요조차 없다. 그의 목소리는 모두의 귀에 선명하게 들릴 테니까 말이다. 카이론을 선두로 일백의 기사들이 달려 나갔다. 그들은 어느새 자신의 무기를 꺼내 들고 진득한 투기를 뿜어내고 있었다.

쿠구구궁!

그리고 그들이 부딪쳤다. 단지 일백의 기사들이 부딪친 소리라고는 생각할 수 없을 정도의 거대한 울림이 들려왔다. 그들의 중심에는 카이론과 로마노프 후작이 있었다. 로마노프 후작의 검에는 짙고 선명한 검은색의 오러 블레이드가 시전되어 있었다.

로마노프 후작은 카이론을 사납게 쏘아보며 오러 블레이드가 시전된 검을 휘둘렀다. 날카롭고 예리했다. 간격을 유지할 줄 알았으며, 적당한 힘이 실려 있었다. 지금껏 상대한 이들과는 확실히 다른 면이 있었다.

'하지만 거기까지다.'

카이론이 언월도를 들어 올렸다. 아직까지 자신은 전력을 다해 상대할 만한 적을 만나지 못했다. 로마노프 후작 역시 그러했다. 그가 지금까지 상대한 인물 중 가장 강한 자이긴 했으나 여전히 그는 자신의 상대가 아니었다.

'중요한 것은 그가 사용할 비약이겠지.'

만약 각고의 노력 끝에 마스터에 오른 자가 비약을 마신다면 어떻게 될까? 그것을 알아내야만 했다. 약간의 시간이 걸리기는 하겠지만 그래도 반드시 알아내야만 했다. 지식으로 머리에 담겨 있는 것과 실제 경험을 하는 것은 천양지차였다.

그 순간 둘의 무기가 서로 맞부딪쳐 갔다.

# 제8장

전쟁의 끝

*Warrior*

쿠와아아앙!

거센 폭음이 터져 나왔다. 그 소리에 주변의 말들이 화들짝 놀라 앞발을 들어 올렸고, 기사들은 말을 달래며 그들이 맞붙은 전장을 피해 나갔다. 지켜보는 남부군과 북부군 역시 다르지 않았다.

그 소리가 어찌나 크던지 어떤 이는 양손으로 귀를 틀어막기도 했으며, 어떤 이는 마른침을 삼키며 전장의 중심을 바라봤다.

전장의 중심, 카이론과 로마노프 후작이 부딪친 곳에는 검푸른빛과 백색의 광망이 충천하여 그 둘의 모습을 가리고 있었다. 그 빛 무리 속에서 둘은 미친 듯이 상대방을 공격하고 있었다.

아니, 미친 듯이 상대방을 공격하는 것은 로마노프 후작이었다.

'선기를 잡았다.'

비슷한 실력을 가진 자와의 목숨을 건 전투에 있어서 선기를 잡고 상대를 몰아침은 당연한 일이다. 선기를 잡았다 함은 주도권을 자신이 가져왔다는 것이니 말이다. 그리고 그 주도권을 놓치지 않기 위해 노력해야만 한다.

콰아앙! 콰앙!

한 번씩 부딪칠 때마다 검푸른 빛과 백색의 광망이 터져 가루처럼 주변을 떠돌았다. 로마노프 후작의 공격은 계속되었다. 카이론은 그저 언월도를 휘둘러 로마노프 후작의 공격에 방어만 할 뿐이었다.

그리고 시간이 지남에 로마노프 후작은 조금씩 다급해지기 시작했다.

'공격이… 먹혀들지 않는다.'

그랬다.

단 한 번도 자신의 공격이 상대에게 적중하지 않았다. 자신의 모든 공격을 막아내거나 회피하고 있는 카이론이었다. 침이 마르기 시작했다.

콰아앙! 가가가각!

검과 도가 부딪쳤고, 힘겨루기에 들어갔다. 그에 검과 도가 엇갈리는 듯한 소리가 들렸다. 둘은 코끝이 닿을 정도로 접근해 있었다.

"고작 이 정도인가? 나파즈 왕국의 신성이라 해서 기대했더니."

"으득! 감히……."

"분한가? 하면 실력을 보여라."

채에엥!

그 말과 함께 카이론이 언월도를 밀어버렸다. 그에 로마노프 후작은 비척거리며 뒤로 물러날 수밖에 없었다. 카이론을 바라보는 로마노프 후작의 눈엔 독심이 가득했다.

"그 말, 후회하게 해주지."

"제발 후회했으면 좋겠군."

카이론의 말에 품속을 뒤져 예의 칠흑으로 빛나는 작은 병을 꺼내 드는 로마노프 후작이다. 카이론은 그런 로마노프 후작을 보며 고개를 끄덕였다.

"역시 흑마법사의 비약인가?"

그는 카이론의 말은 신경도 쓰지 않고 그대로 흑마법사의 비약을 마셨다.

"크으으윽!"

그 지독한 고통을 견뎌내며 나직한 비명을 지르는 그였다.

쨍그랑!

비약을 담고 있던 병이 깨졌다. 로마노프 후작은 여전히 말 위에서 부들부들 떨며 정신을 차리지 못하고 있었다. 그 기회를 노려 그를 죽일 수도 있었으나 카이론은 기다렸다.

'과연 마스터가 비약을 마셨을 경우 어느 정도일까?'

카이론이 판단하기에 로마노프 후작은 키튼과 비슷한 수준의 무력을 지니고 있었다. 상급이나 최상급의 기사가 흑마법사의 비약을 마셨을 경우 오러 블레이드를 시전할 수 있었다. 그렇다면 마스터의 경우에는 어떻게 될까?

그랜드 마스터가 될까?

그런 생각을 하는 동안 로마노프 후작의 고통스러운 비명이 잦아들기 시작했다.

"크으, 기다려 준 것인가?"

"보고 싶었거든?"

"무엇을 말인가?"

"흑마법사의 비약으로 얼마나 강해질 수 있을지 말이야."

"광오하군."

"그런가? 어쨌든 준비는 되었나?"

로마노프 후작은 대답 대신 자신의 애병을 들어 보였다. 로마노프 후작은 이미 비약을 마시기 전의 그가 아니었다. 기세부터가 달라져 있었다.

'확실히 익스퍼트의 기사와 마스터가 비약을 체화할 수 있는 수준이 다른 것인가?'

로마노프 후작의 기세가 안정적으로 변했다. 그리고 그의 어깨너머로 광폭하게 넘실거리던 어둠의 마나가 더욱 견고하게 느껴지고 있었다.

"기다려 준 성의를 봐서 일격에 죽여주지."

"할 수만 있다면."

"죽엇!"

로마노프 후작은 검을 들어 카이론을 향해 쇄도했다. 폭발할 것 같은 기세가 그의 주변에 넘실거렸다. 이전과는 확연하게 달라진 그의 검격.

파카앙!

카이론은 그의 공격을 가볍게 흘렸다. 더욱 짙어진 검푸른 빛이 사방으로 폭사되었다.

"좋군."

"크흐흐, 좋다? 미친놈."

갑자기 로마노프 후작의 기세가 변했다. 방금 전까지는 일대 검호와 같은 모습이었다. 그러나 지금은 마치 미친 광전사를 보는 것 같았다. 카이론의 시선이 변해가는 로마노프 후작의 눈동자를 들여다보았다.

눈동자 깊은 곳에서 검붉은 물결이 올라오고 있었다. 그리고 수면 위로 떠오른 검붉은 물결은 점점 더 짙어져 마침내 푸른 눈동자와 흰 눈자위를 삼켜 버리고 온통 검은색으로 물들어가고 있었다.

그의 기세가 폭발적으로 늘어났다.

'하급 마족 정도?'

이미 인간의 수준으로 그의 상태를 나타내기에는 무리가 있었다. 인간의 수준이 아닌 마족의 수준에 이른 것이다.

"죽.어.랏!"

딱딱 끊어서 으르렁거리듯이 말하는 로마노프 후작.

'잠식당했군.'

그랬다. 로마노프 후작은 잠시 잠깐 분노를 이끌어내고 방심하는 사이 비약에 의해 잠식당한 것이었다. 익스퍼트의 기사보다 오히려 마나를 다룸에 있어 극에 이른 마스터이기에 더 빠르게 어둠에 잠식당한 것일 게다.

'아니면 누군가 비약에 장난을 쳤든지.'

온전하지 않은 흡수라 할 수 있었다.

로마노프 후작의 위치를 생각해 보면 절대 있을 수 없는 일이었다. 완벽하지 않은 비약을 마스터에 오른 그에게 줄 이유가 없었다.

'그러함에도 자신이 알지 못하는 사이에 비약에 잠식된다? 그렇다는 것은……?

바로 내분이 있다는 것을 의미했다. 카이론의 입가에 슬며시 미소가 떠올랐다.

"죽여주지."

"크아아악!"

넘치는 힘을 주체하지 못하고 카이론을 향해 득달같이 달려드는 로마노프 후작. 그는 이미 이전의 로마노프 후작이 아니었다. 한 마리의 야수이고 몬스터였다.

카앙! 서걱!

로마노프 후작의 검을 막아내고 가볍게 휘둘러 허리를 베어갔다. 핏물이 튀었다. 풀 플레이트 메일을 가르고 피부를 가르며 내장이 훤히 보일 정도의 중상을 입었다. 하나 로마노프 후작은 그 정도쯤은 아무렇지도 않다는 듯 날카로운 송곳니를 드러내며 웃어 보였다.

스스슷!

내장이 훤히 보일 정도의 상처가 눈 깜짝할 사이에 아물어 버렸다.

"크큭! 죽는 거다!"

다시 덤벼들었다.

카앙! 서걱!

막아내고 베었다.

스스슷!

회복되고 다시 덤벼들었다. 말 그대로 로마노프 후작은 미친 듯이 공격해 들어왔다. 자신의 몸에 난 상처쯤은 아무렇지도 않다는 듯이 말이다. 팔이 잘려 나가도 잠시 호흡을 가다듬는 사이에 재생되었다.

심장이 꿰뚫려도 기분 나쁜 웃음을 지어내며 달려들었다. 그리고 마침내 카이론의 시선이 날카롭게 빛을 냈다.

"이제 끝내자."

"크와아악!"

거센 포효를 내지르며 카이론을 향해 쇄도하는 로마노프 후작.

카이론의 언월도가 기이하게 움직였다. 지금까지와는 다른 푸르디푸른 두 줄기의 빛이 로마노프 후작의 목과 머리를 훑었다.

우뚝!

카이론의 바로 코앞까지 다가온 로마노프 후작의 검이 멈췄다. 로마노프 후작 역시 마치 석상이 된 듯 멈춰 있다. 그의 검은색으로 물들어 있던 눈동자에서 서서히 검은 핵이 빠져나가기 시작했다.

흰자위가 보이고 원래의 푸른 눈동자가 모습을 드러냈다.

주르륵!

그와 함께 그의 이마 한가운데에서 콩알만 한 점이 생성되었고, 그곳에서 검붉은 핏물이 흘러내렸다. 그의 목 역시 마찬가지였다. 좌우로 가느다란 혈선이 생겨났고, 그 혈선을 따라 검붉은 핏방울이 맺히기 시작했다.

"그륵!"

가래 끓는 소리가 났다. 무언가 말을 하려 하는데 목이 잘려 할 수 없었음일까? 로마노프 후작의 시선이 안타깝다는 듯이 카이론을 바라봤다. 카이론은 죽어가는 로마노프 후작을 무심하게 바라봤다.

로마노프 후작이 죽음과 동시에 그를 둘러싸고 있던 검푸른 빛이 사방으로 깨져 나가며 사라져 갔다. 카이론은 말없이 말을 몰아 전장 속으로 들어 갔다.

"크윽!"

"죽어랏!"

그 와중에도 어둠의 기사는 눈을 빛내며 남부군의 일백 명의 기사와 싸우고 있었다. 그중에 단연 발군은 역시 키튼과 맥그로우 공작이었다. 그들은 남부를 지탱하는 일곱 개의 별 중 첫 번째이자 마지막인 이들이다.

"와하하하! 싱겁구나, 싱거워! 겨우 이것뿐이더냐?"

그중에 키튼은 서너 명의 기사들을 상대하고 있었다. 그리고 그가 움직일 때마다 그 서너 명의 기사가 불귀의 객이 되었다. 키튼이 시끄럽게 고성을 지르며 몇 명의 기사를 상대하고 있을 때 맥그로우 공작은 그야말로 화려한 모습으로 기사들을 처리하고 다녔다.

"냄새 나는 계집……."

서걱!

말을 잇지 못하고 목을 떨구는 어둠의 기사. 그들은 맥그로우 공작을 얕보고 있었다. 그럴 수밖에 없는 것이 어둠의 기사가 나섰을 때 그녀는 등을 돌리고 도망갔다. 하나 실제 그녀를 상대하는 어둠의 기사 중 살아남은 자는 단 한 명도 없었다.

그때 누군가가 외쳤다.

"비약을 마셔라

어둠의 기사 중 선임기사의 목소리였다. 그에 어둠의 기사들은 품속에서 비약을 꺼내 들고 망설임 없이 마셨다.

"크으~"

나직한 신음이 흘러나왔다. 하나 남부의 기사들은 그 잠깐의 시간조차 허용하지 않았다. 그들이 비약을 마시기 전에도 압도적이지 못한 상황에서 비약을 마신 후의 그들을 감당하기가 쉽지 않음을 알고 있었다.

최대한 수를 줄일 필요가 있었다. 그리고 어둠의 기사들이 고통에서 벗어났을 때 남부의 기사들은 세 명씩 한 조가 되어 있었다. 그들의 선두에는 어느새 카이론이 서 있고 좌우에는 키튼과 맥그로우 공작이 서 있다.

"섬!"

"멸!"

카이론이 언월도를 뽑아 전방을 가리키며 달려갔다. 그 좌우에는 어느새 두 자루의 나노 튜브 블레이드가 튀어나와 있었다.

츄우욱!

그리고 기괴한 마찰음을 내며 앞으로 튀어나갔다. 어둠의 기사 중 가장 선두에서 기사들을 이끄는 선임기사가 날아오는 한 쌍의 검을 보며 검을 뽑아 오러 블레이드를 시전해 막아냈다

카라라랑!

검푸른 불똥이 튀어 오르며 선임기사의 검이 잘려 나가기 시작했다. 카이론의 나노 튜브 블레이드는 여전히 회전하고 있었다. 여전히 힘이 줄어들지 않은 상태이다. 그에 선임기사의 눈동자가 커졌다.

가볍게 막을 수 있을 줄 알았다. 자신은 비약으로 인해 마스터에 올랐으니까 말이다. 물론 갑작스럽게 마스터가 되는 바람에 어떤 공허함이 느껴지기는 했지만 그것은 큰 문제가

아니었다. 강대하게 몰아치는 어둠의 마나가 전신을 펄떡이면서 뛰어다니고 있었으니까.

어떤 무엇도 자신의 검을 가로막지 못할 것이라 생각했다. 한데 오러 블레이드가 시전된 자신의 검이 잘려 나가고 있었다. 예상치 못한 상황. 그에 방패를 들이밀었다.

콰가가각!

쇠와 쇠가 갈리는 소리가 흘러나왔다.

둔중한 충격이 전해져 왔다. 부지불식간에 방패에 어둠의 마나를 불어 넣었다. 상당한 양의 마나가 빨려 들어갔으나 여전히 자신의 체내에 남아 있는 마나의 양은 충분했다.

'막았다!'

막아냈다. 그에 선임기사는 회심의 미소를 떠올렸다. 그러다 허리 어림이 뜨끔하다는 생각이 들었다.

나노 튜브 블레이드는 한 자루가 아니었다. 한 쌍이었다. 한 자루의 나노 튜브 블레이드가 회전하면서 선임기사의 허리를 훑고 지나갔다.

허리의 절반가량이 잘려 나가 버렸다. 하나 잘려 나가기 무섭게 재생되었다.

"돌겨억! 돌격하라!"

그의 입에서 거친 목소리가 터져 나왔다. 이 정도로는 자신을 죽일 수 없었다. 그에 그를 따르는 어둠의 기사들이 돌격해 나갔고, 마침내 남부군에서 나온 일백의 기사와 격돌했다.

콰아앙!

"꺼윽!"

"목이다! 목을 베어야만 죽일 수 있다!"

삼인 일조로 어둠의 기사를 상대했다. 아무리 마스터에 올랐다고는 하지만 갑작스럽게 주어진 힘을 제대로 소화하려면 시간이 걸린다. 물론 상대가 나약하다면 상관없겠지만 지금 어둠의 기사들이 상대하는 기사들은 결코 나약한 기사들이 아니었다.

그리고 세 명이서 한 개의 조를 이뤄 한 명을 상대하는 만큼 공격과 방어가 원활하였다. 마치 이런 일이 있을 것을 예견한 듯이 정확하고 침착하게 상대해 나가고 있었다. 문제는 그들이 아닌 세 명이 문제였다.

카이론과 키튼, 그리고 맥그로우 공작이다. 그중 맥그로우 공작이 가장 약하기는 했지만 그녀는 일시적으로 마스터의 힘을 낼 수 있는 존재였다. 갑작스러운 힘의 증가가 아닌 스스로의 노력에 의한 것이기에 어둠의 기사들과는 비교할 바가 아니었다.

그리고 그녀 스스로 수많은 전투에서 단련된 상태. 마나를 활용함에 있어 세밀하기 그지없었다.

절대 불필요한 마나를 사용하지 않았으니 본래의 실력을

상회하는 힘을 일시적으로 낸다 할지라도 본연의 실력을 그대로 발휘할 수 있었다.

쫘아아악!

선임기사의 신형이 좌우로 갈라졌다. 한 쌍의 나노 블레이드는 막아냈지만 카이론의 언월도는 막아낼 수 없었다. 그가 감당할 수 없는 과격한 힘과 어둠에 대변되는 블루 블레이드가 시전된 그의 언월도를 어찌할 수 없었다.

"끄아아악!"

치이이익!

선임기사의 입에서 거친 비명이 터져 나왔다. 정확하게 반으로 갈라진 그의 신체는 재생하려 했으나 푸르디푸른 마나의 힘이 어둠을 정화하며 푸른색으로 타들어가고 있음에 그 끔찍한 고통을 감당하지 못하고 비명을 지른 것이다.

"저놈! 저놈을 죽여라!"

그에 또 다른 선임기사의 외침이 들려왔다. 그러한 그들의 눈동자는 이미 검게 물들어 있었으며, 그들의 전신은 이미 어둠의 기류에 휩싸여 있었다. 완벽하게 어둠에 잠식된 그들의 모습.

인간적인 이성보다 동물적인 본능이 그들을 지배했다. 그렇게 변한 그들에게 있어 가장 위협적인 존재는 세 자루의 검과 도를 이용해 자신들의 어둠 자체를 소멸시키고 있는 카이론이었다.

카이론은 어둠의 기사들이 있는 진영 깊숙이 파고들었다. 지금 살아남은 어둠의 기사 중 3분의 1은 그를 중심으로 모여 있었다. 그러한 그들을 보며 서늘한 미소를 짓는 카이론.

"좋군."

무엇이 좋다는 것일까? 그는 수십의 어둠의 기사에 둘러싸여 있음에도 불구하고도 전혀 위축됨이 없었다. 아니, 오히려 어떤 면에서 보면 양들에게 포위당한 사자와 같은 모습이었다.

"날뛰어주마."

쿠후우웅!

그의 전신에게 거대한 기세가 피어올랐다. 그에 어둠의 기사들은 잠시 주춤했다. 하나 이내 공포를 이겨내고 카이론을 향해 쇄도해 들어갔다. 마치 그를 죽이는 것이 지상의 명제라도 되는 듯이 말이다.

쉬아악!

서걱! 서걱!

달려드는 족족 베어 넘기는 카이론. 두 번의 휘두름도 없었다. 단 일격에 목을 자르고 어둠의 기사를 양분해 버렸다. 그의 도에 당한 어둠의 기사들은 두 번 다시 재생되지 못했다. 사방으로 푸른 불꽃과 함께 타들어가며 비명을 질러대는 어둠의 기사들이 지천으로 깔리기 시작했다.

"끄아아악!"

상상도 할 수 없는 고통에 비명을 지를 수밖에 없었다.

"크아악!"

한 어둠의 기사가 그를 향해 쇄도하며 떨어져 내렸다. 카이론은 말 위에서 신형을 뒤틀며 언월도를 그어 올렸다. 그와 동시에 또 다른 어둠의 기사가 카이론의 정면으로 뛰어들었다. 이미 떨어져 내리는 기사를 양분해 버린 카이론.

전면의 기사의 심장이 언월도 중심까지 정확하게 꿰뚫려 박혀 버렸다. 그에 어둠의 기사는 새하얀 송곳니를 드러내며 웃고는 두 손으로 카이론의 언월도를 잡아 자신의 가슴으로 당겼다.

그에 어둠의 기사의 손이 진득한 액체가 되어 카이론의 언월도를 감싸기 시작했다.

치지지직! 빠직! 빠지직!

불꽃과 함께 푸른 연기가 피어올랐다. 그러면서 서서히 어둠의 기사의 신형이 사라져 가기 시작했다. 카이론의 언월도가 점점 검은색으로 변해가기 시작했다. 그것을 시작으로 몇몇 어둠의 기사들이 카이론을 공격해 들어갔다.

머리, 목, 심장, 허리, 복부 등 보이는 모든 부분을 공격해 들어갔다. 말과 사람으로 인해 각 네 방향을 제외하고는 공격할 수 있는 부분이 없다는 통설을 부정이라도 하듯이 그들의 움직임은 허깨비 같았다.

어둠에 물든 스펙터 같았다. 그들은 동료 한 명을 잃기는 했지만 이 일격에 자신들에게 가장 부담스러운 존재인 카이론을 없앨 수 있을 것이라 확신했다. 카이론이 언월도를 회수하려 했다.

멈칫!

언월도가 움직이지 않았다. 카이론의 시선이 자신의 검을 잠식해 들어오고 있는 어둠의 기사를 바라봤다. 그의 신체는 이미 절반 이상 사라지고 없었다. 마치 찐득하고 기분 나쁜 무언가가 자신의 검을 옥죄고 있는 듯한 느낌이 들었다.

"크큭! 죽.는.거.다!"

그런 어둠의 기사를 보며 싸늘한 웃음을 떠올리는 카이론.

"애초에 자신이 없었으면 나서지 않았을 것."

후와아앙! 츠즈즈줏!

또 다른 기세가 카이론에게서 일어났다. 그리고 그의 언월도에 새파란 번개가 내리치기 시작했다. 그러자 꾸물거리며 언월도를 잠식해 들어가던 검은 액체가 붉은빛을 내며 타들어가기 시작했다.

"끄아아아악!"

예의 미친 듯한 비명 소리가 들려왔다. 설명은 길었으나 실제 상황은 찰나의 순간이었다. 새파란 빛을 내며 다가오는 모든 공격을 방어하기보다는 공격해 들어가는 카이론의 언월도. 더불어 나노 튜브 블레이드 역시 새파란 빛의 파동을 일으키며 그의 주변 10미터를 반원형 구체로 만들어 버렸다.

"끄아아악!"

"사, 살려줘어~"

어둠의 기사들이 녹아내리기 시작했다.

그를 중심으로 포위하고 있던 수많은 어둠의 기사가 단 한 순간에 한 줌의 흑수가 되어 대지 위로 녹아 스며들었다. 그리고 그것이 끝이었다. 더 이상의 어둠의 기사는 존재하지 않았다.

카이론은 뒤도 돌아보지 않고 북부군이 있는 곳으로 말을 몰았다. 달려 나가지 않고 그저 말없이 뚜벅거리며 말을 몰 뿐이다. 북부군의 선두에 있던 병사들이 창을 들어 그를 위협했다. 하나 카이론은 말을 멈추지 않았다.

멈칫! 주춤주춤!

그에 길이 열렸다.

그 누구도 그의 말을 가로막는 이는 없었다. 그런 그가 북부군의 중심에 있는 지휘부에 도착해 한 명을 내려다보았다.

전신을 가늘게 떨고 있는 호라시오 페티스 백작이었다.

"죽여줄까?"

"크ㅎㅎㅎ, 주, 죽여⋯ 크와아악!"

죽여달라며 애원하는 페티스 백작. 하나 그의 모습은 이내 인간이 아닌 모습으로 변했다. 입이 좌우로 찢어지며 수없이 많은 송곳니가 삐죽 튀어나오고 근육은 부풀어 올랐다. 눈은 툭 튀어나왔으며 붉은색으로 물들었다.

"크와아악!"

포효를 내질렀다. 주변을 겁박하기 위한 포효가 아니라 변신해 가는 자신의 모습에 대한 울분, 혹은 제발 죽여달라는 듯 애원과도 같은 쓸쓸함을 담고 있는 포효였다.

"저, 저⋯⋯."

"괴, 괴물이다."

"어찌, 어찌⋯⋯."

귀족들은 괴물로 변해 가는 페티스 백작을 보곤 입을 쩍 벌리며 당혹스러움과 두려움이 뒤섞인 감정을 내보이며 말을 더듬었다. 카이론은 말에서 내려 괴물로 변해 몸부림을 치는 페티스 백작에게로 걸어갔다.

"크르르르."

나직하게 울부짖는 페티스 백작. 그의 입에서는 진득한 체액이 뚝뚝 떨어지고 있었다. 그러면서도 카이론이 자신을 향해 접근해 오는 것을 막지 않았다. 그의 눈동자는 아직도 수시로 변하고 있었다.

인간의 눈동자에서 붉은 눈동자로, 이어 검은색 눈동자로 말이다. 인간이 가지는 감정이 온전하게 괴물로 변해가는 그를 막고 있는 것이다.

푸각!

그 순간이었다. 카이론의 언월도가 괴물로 변한 페티스 백작의 심장에 꽂혔다. 페티스 백작의 두 손이 카이론의 언월도를 부여잡고 있다. 카이론의 언월도를 통해 검고 진득한 액체가 흘러내렸다.

또옥! 치이이익!

한 방울의 액체가 땅에 떨어지고 녹색의 연기를 내며 땅이 타올랐다. 페티스 백작의 눈동자가 인간의 것으로 바뀌었다.

"할 말은?"

"고오… 마압…….."

아직 온전하게 인간의 모습으로 돌아오지 않은 페티스 백작이 어눌하게 입을 열었다. 그에 카이론은 고개를 끄덕이며 입을 열었다.

"쉬도록!"

쉬칵!

어느새 페티스 백작의 가슴에 꽂아 넣었던 언월도를 꺼내 페티스 백작의 목을 잘라내고 있는 카이론이었다.

투욱!

페티스 백작의 목이 떨어져 내렸다. 그 순간이었다.

"크와아앙!"

"우와아악!"

군중 속에서 소란이 일어났다. 그에 몇몇의 귀족이 놀란 얼굴을 했다.

으적! 으적!

잔인한 소리가 들려왔다. 병사들은 그 즉시 물러나 소리가 나는 쪽으로 창과 검, 혹은 방패를 들어 올렸고, 기사들은 검병을 잡아 기괴한 소리가 나는 쪽으로 몸을 날렸다.

쉬카각!

하지만 그들보다 빨리 움직인 이들이 있었으니 바로 키튼과 맥그로우 공작이었다. 하지만 그들이 순간적으로 제거할 수 있는 괴물의 수는 얼마 되지 않았다.

"크르르르! 크와아앙!"

거칠게 포효하는 괴물들. 그들은 바로 로마노프 후작의 명을 받고 페티스 백작이 귀족들을 감시하기 위해 붙여놓은 기사들이었다. 지금은 기사가 아닌 일개 괴물이지만, 괴물로 변한 이들을 중심으로 원이 생겼다.

대략 십여 곳.

키튼과 맥그로우 공작이 날아올랐고, 카이론 역시 몸을 돌려 세웠다. 한 자루의 언월도와 두 자루의 나노 튜브 블레이드가 눈부시도록 시린 빛을 토해내며 변신하자마자 귀족들을 산 채로 잡아먹고 있는 괴물들의 목을 잘라내었다.

"크워어억!"

이 세 존재가 가장 큰 위협이라는 것을 알아차린 남은 괴물들이 그들을 향해 쇄도했다. 기사들과 병사들이 괴물을 막으려 했다.

"길을 터라!"

카이론의 명이 떨어졌다. 그에 자연스럽게 길을 여는 병사들과 기사들. 귀족들은 이 미쳐 돌아가는 상황을 인지하지 못하고 여전히 멍하니 있었다.

우적!

"크아악!"

그러다 한 명의 귀족이 괴물에게 잡혀 입속으로 들어간 후에야 비로소 정신을 차린 귀족들은 부들부들 떨며 뒷걸음질 쳤다. 또 한 마리의 괴물이 아직도 자리에서 부들부들 떨고 있는 귀족을 잡아갔다.

콰아앙!

"케륵!"

그 순간 괴물의 손을 후려치면서 굉렬한 폭음이 터져 나왔다. 괴물은 그 지독한 고통에 비명성을 내질렀다.

"어… 어……."

귀족은 아직도 정신을 차리지 못하고 있었다. 그런 귀족을 바라보며 카이론은 눈살을 찌푸렸다.

"치워라!"

"명!"

그에 기사들이 나서서 귀족을 질질 끌고 나갔다. 그제야 아직 살아남은 아홉 마리의 괴물과 맞서는 카이론과 키튼, 그리고 맥그로우 공작이었다. 그들의 주변으로 병사들이 넓게 빙 둘러 창을 내밀어 경계를 하고 있었다.

저벅!

카이론이 걸음을 옮겼다.

움찔!

그가 한 걸음 옮김에 움찔거리며 뒷걸음치는 괴물들. 그에 카이론이 고개를 삐딱하게 갸웃거렸다. 그에 키튼과 맥그로우 공작은 무슨 말인지 하지 않아도 알겠다는 듯 마치 마법의 블링크를 사용하듯이 그 자리에서 사라지며 괴물들의 배후에 모습을 드러냈다.

이건 마치 세 명이서 아홉 마리의 괴물을 포위하고 있는 형국이었다. 말도 안 되는 일이지만 실제 상황이니 믿지 않을 도리가 없었다. 그리고 괴물들 역시 그것을 깨달았는지 날카로운 이빨을 드러내며 으르렁거렸다.

"같잖은 힘에 취한 종자로군."

카이론의 냉담한 말에 괴물들이 반응했다.

"크와아앙!"

괴물들은 각기 세 마리씩 각 방향으로 달려 나갔다. 자신을 향해 쇄도하는 세 마리의 괴물을 바라보는 카이론의 표정은 지극히 냉담했다. 그의 언월도가 느릿하게 움직였다. 시리도록 푸른빛이 카이론의 언월도에 머물렀다.

콰아아악!

그리고 일순간 세 줄기의 푸른빛이 괴물들의 목과 미간을 정확하게 꿰뚫었다. 괴물들은 비명조차 지르지 못하고 혀를 빼물고 죽음을 맞이했다. 그것을 기점으로 키튼에게 달려들던 세 마리의 괴물과 맥그로우 공작에게 달려들던 괴물들까지 차례로 차가운 시체가 되어 죽음을 맞이했다.

몇 명의 귀족을 산 채로 씹어 먹던 괴물치고는 너무나도 허망한 죽음이었다. 카이론은 잠깐 시체가 된 괴물의 시체를 일별한 후 귀족들을 바라보았다.

"저것이 바로 너희들이 충성을 바치고 있는 마샬 국왕의 실체다."

"그… 무슨……."

귀족들은 믿으려 하지 않았다.

"멍청한 귀족 새끼들 같으니라고."

키튼이 격한 반응을 내보였다. 무언가 할 말이 많다는 듯이 말이다. 그에 카이론이 손을 들어 그를 제지했다.

"또한 너희들은 왕국을 적국에 팔아먹은 매국노다. 다들 부정하고 싶겠지만 마샬 국왕은 나파즈 왕국의 삼왕자니까."

"……."

그에 귀족들은 어떤 말도 할 수 없었다. 모두 알고 있었다. 하지만 시류를 아는 자가 준걸이라는 말도 안 되는 자기합리화로 가망성 없는 카테인 왕국을 버리고 마샬 국왕에게로 빌붙은 것이다.

"해서 이 자리에서 명을 내린다."

"꿀꺽!"

누군가가 마른침을 삼켰다.

"귀족들의 가진 바 작위를 거두고 행하는 바 직위를 파한다."

"그, 그것은……."

카이론이 언월도를 들어 말을 하려는 귀족의 목에 가져다 대며 물었다.

"할 말 있나?"

"어, 어쩔 수 없었소."

"어쩔 수 없었다? 한데 너는 과인을 인정하지 않는 것인가? 감히 귀족이 카테인 왕국의 국왕에게 어쩔 수 없었소?"

"그, 그……."

"국왕 전하를 모욕하고 왕국을 적국에 팔아넘긴 죄! 귀족으로서, 혹은 전장의 사령관으로서 의무와 책무를 다하지 않은 죄!"

"살!"

카이론의 말이 떨어지기 무섭게 키튼이 움직였다.

서걱!

변명하던 귀족의 목이 떨어져 내렸다. 카이론은 주변을 훑어보았다.

"기회를 준다. 하나 귀족으로서, 사령관으로서가 아닌 백의종군하여 병사로서이다. 승복하지 못하겠다면 지금 이 순간부터 너희들은 적국의 포로일 뿐이다. 내전이 끝난 이후 나파즈 왕국에 정식으로 몸값을 청구하도록 하지."

"……."

말도 안 되는 발언이었지만 그 누구도 그의 말에 토를 달지 못했다. 반발을 하고 싶어도 반발할 수가 없었다. 자신들의 눈앞에서 벌어진 압도적인 무력, 그리고 자신들의 마음속 깊은 곳에 내재되어 있던 사실을 인정하는 것에 대한 두려움이 수면으로 떠오르며 그들을 꼼짝 못하게 하고 있었다.

"기사들은 들으라."

그의 시선이 다시 기사들에게로 향했다. 그에 기사들은 긴장하지 않을 수 없었다.

귀족들에게 한 그의 말에서 자신들 역시 자유롭지 못하기 때문이다. 아무리 주군을 섬기는 기사라 할지라도 말이다.

"기사로서 기사도를 잊은 기사는 자격이 없음이다. 주군에 대한 섬김을 다하는 것은 옳다. 하나 자신이 섬기는 주군이 옳은 길로 가지 않을 때 그 길을 바로잡는 것 역시 기사로서의 의무이자 직무이다."

카이론의 말 한마디 한마디가 비수가 되어 기사들의 가슴에 박혔다.

"너희들은 기사로서의 자격이 없다. 인정하는가?"

"…인정합니다."

"여기 있는 모든 기사들은 가진 바 실력에 따라 상급병으로 강등시킨다. 다시 올라오라. 진정한 기사가 무엇이고, 진정한 동료애가 무엇인지 깨달아야 할 것이다."

"……."

기사들 역시 말이 없었다. 자신의 죄를 통감했으나 과한 처사가 아닌가 하는 이도 있었다. 하나 그러한 불만을 가진 이조차 함부로 입을 열 수 없었다. 이 숨막힐 듯한 무거운 분위기에 목숨을 건사하지 못할 것 같았기 때문이다.

"맥그로우 공작과 알카트라즈 백작, 그리고 웰링턴 백작은 명을 받들라."

"명!"

"군을 재편한다. 수세에서 벗어나 공세로 변경한다."

"명!"

카이론의 명이 내려지는 그 순간 남부군은 다시 재편되기 시작했다.

지금까지 성안에서 수성으로 일관하던 남부군이 성문을 열고 전력을 드러내기 시작했다. 넓어진 전선에서 방심하고 있던 북부군은 형편없이 밀리기 시작했다.

그럴 수밖에 없는 것이 북부의 곡창지대가 남부군의 손에 떨어지고 왕도 인근에 남부군의 일군이 진군해 있었다. 그리고 점점 그동안 북부군이 행해온 비인간적인 행동이 사실로 드러나고 있음에 북부군은 제대로 힘 한번 써보지 못하고 전 전선에서 밀려나기 시작했다.

하지만 이것은 어느 정도 예견된 현상이라 할 수 있었다. 애초에 이 전쟁은 명분 싸움이었기 때문이다. 모든 명분은 남부에 집중되어 있었다. 마샬 국왕은 우격다짐으로 억지 명분을 등에 업고 전쟁을 시작했으니 말이다.

그리고 그들이 간과한 결정적인 것이 또 하나 있으니 그것은 바로 소문이었다. 카이론이 마법 영상과 함께 그의 정체를 만방에 알린 소문, 거기에 대하여 최근 북부에 심심치 않게 일어난 기괴한 현상 때문이기도 했다.

괴물의 등장, 사람들의 기이한 죽음 등 민심을 흉흉케 하는 많은 기이한 현상 때문에 이미 민심은 북부를 떠났다고 해도 과언이 아니었다. 가린다고 해서 가려질 수 있는 것이 아니었다.

그렇게 전세는 급속도로 남 카테인 왕국 쪽으로 기울기 시작했다.

*　　　*　　　*

"병력을 더 동원하도록."

"하나 그렇게 되면……."

"패배하면 아무것도 없다."

마샬 국왕은 귀족들을 모아놓은 대회의실에서 자신의 생각을 피력했다. 귀족들이 반발하려 했다. 하나 마샬 국왕은 일언지하에 그런 귀족들의 반발을 묵살해 버렸다. 과거와 같이 귀족들을 존중해 주지도 않았다.

"전쟁이 장난인가? 총력을 기울이도록 한다."

그 말을 남기고 마샬 국왕은 대회의실을 나섰다. 그에 귀족들의 얼굴이 그야말로 시커멓게 죽어갔다.

"하아~ 어찌하여……."

누군가 한탄하는 얼굴로 허공을 응시하며 입을 열었다. 대회의실은 적막이 감돌았다. 이미 회의가 끝났음에도 불구하고 귀족들은 자리를 벗어날 수 없었다.

"애초에 명분이 없는 싸움이었군."

또 다른 귀족이 답답하다는 듯이 말했다.

"이미 오거의 등 뒤에 올라탄 형국이니 어찌할 수 없잖습니까?"

"허어, 순간의 잘못된 판단과 욕심이 이렇게 되돌아오다니……."

그렇게 한탄하면서 귀족들은 삼삼오오 무리 지어 대회의실을 벗어나기 시작했다. 이제는 돌이킬 수 없었다. 마샬 국왕의 말처럼 총력전이었다. 이미 남부군은 자신들의 턱 밑까지 파고들었으니까. 그리고 그의 말대로 패배하면 자신은 물론 가문까지 사라질 위기이다.

그들은 이미 알고 있었다.

'왕국을 팔아먹은 매국노.'

그런 소리를 듣지 않기 위해서는 반드시 승리해야만 했다. 하나 지금 상황에 그 승리라는 것은 지독히도 요원한 일이 되어가고 있었다.

"클클, 궁지에 몰리셨군요."

루카스 백작이 마샬 국왕에게 다가오며 말했다. 무엇이 그리 재미있는지 연신 히죽이고 있었다. 그런 루카스 백작을 바라보며 마샬 국왕이 침중하게 말했다.

"계승권을 포기하지."

"……!"

그의 말에 루카스 백작이 눈을 크게 홉떴다. 전혀 예상치 못한 말이 흘러나왔기 때문이다. 설마 계승권을 포기할 줄은 몰랐다.

"그리고 큰형님께 전적으로 협조토록 하지."

"흐음, 아무런 조건 없이 계승권을 포기하고 1왕자 전하의 편에 서겠다는 것은 아닐 것으로 압니다만."

하지만 루카스 백작은 빠르게 사태를 직시하고 능동적으로 대처했다.

"왕국에서 도움을 줘야 겠어."

"하나……."

"어차피 거쳐야 할 일이 아니던가?"

"그렇기는 합니다만 이제는 명분이 없습니다."

"명분은 무슨, 만들면 그것이 명분이 아닌가?"

"그렇기는 합니다만……."

"더 이상은 불가능해. 만약 거부한다면 둘째형님에게 갈 것이야."

대놓고 협박이다. 지금 나파즈 왕국은 형제간에 왕위 계승권을 두고 치열한 경합을 벌이고 있었다. 그러한 판국에 마샬 국왕이 둘 중 하나를 지원한다면 전세는 기울어지게 마련이다.

"크음, 일단은 1왕자 전하께 상신토록 하겠습니다."

"오래 기다릴 수 없다는 것은 알고 있겠지?"

"물론입니다."

루카스 백작이 물러났다. 마샬 국왕은 뒷짐을 진 채 창밖을 바라봤다. 그러다 문득 창틀 옆에 길게 늘어진 줄을 잡아당겼다. 얼마의 시간이 지나지 않아 집무실 문을 열고 들어서는 자가 있었다.

마샬 국왕은 뒤도 돌아보지 않고 입을 열었다.

"로마노프 후작이 죽었네."

"설마……."

"그래, 카이론 에라크루네스에게."

"그가 그토록 강한 자일 줄은……."

"아니, 아니지. 모르는 것이 아니라 일부로 모른 척한 것이 겠지. 아니라면 그를 적으로 인정하기 싫은 것이고 말이지."

"……."

마샬 국왕의 말에 체스터 후작은 그저 냉랭한 얼굴을 할 뿐이다.

"어찌할 텐가?"

"이미 저에게는 선택권이 없지 않습니까?"

"그래, 그렇지. 그나마 자네는 현명하군."

"그러기 위해 저를 종속으로 만든 것이지 않습니까?"

"그래, 그렇지. 그래서 한 가지 시킬 일이 있어."

"무엇입니까?"

"피와 시간이 필요해."

피와 시간이라는 말에 체스터 후작은 눈썹을 꿈틀거렸다. 알 수 없는 말이기 때문이다. 그렇다고 설명을 바라지도 않았다. 어차피 자신은 마샬 국왕의 종속. 그가 명령을 하면 따를 수밖에 없었다.

"얼마의……."

"많이 필요해. 아주 많이."

"알겠습니다. 또 시키실 일이 있습니까?"

"그리고 이후의 모든 일은 자네가 알아서 하게."

"모든 것입니까?"

"그래. 단 나의 거취에 대해서는 함구하도록."

"알겠습니다."

도대체 무슨 일을 하려는 것인지 모를 일이다. 단지 어렴풋이 짐작만 하고 있을 뿐이다. 이곳은 국왕 전용 처소. 그런데 아주 희미하게 피 냄새가 흘러나오고 있었다. 보통의 인물이라면 절대 맡을 수 없는 냄새였지만 마샬 국왕의 종속인 체스터 후작은 그 비릿한 피 냄새를 맡을 수 있었다.

하나 체스터 후작은 말없이 돌아서서 마샬 국왕의 처소를 벗어났다. 그런 체스터 후작을 무섭게 노려보는 마샬 국왕.

그는 이내 고개를 저었다.

"어느 정도는 알겠으나 정확히는 모르겠지. 그것이 완성되는 동안 나를 대신할 자가 필요하니 아직 너는 살려두마."

그렇게 말하며 마샬 국왕은 처소의 한쪽 벽면으로 다가가더니 기이한 수인을 맺고 무어라 웅얼거리기 시작했다. 그러자 그의 주변으로 어둠이 몰려들기 시작하더니 마침내 검은 빛을 뿜어내며 기이한 도형을 형성했다.

"오픈!'"

그러자 기이한 도형이 생성된 곳에 시커먼 어둠이 모습을 드러냈다. 마샬 국왕은 망설임 없이 그 기이한 도형 속으로 걸어 들어갔고, 그가 완전히 자취를 감추자 그 지독한 어둠은 언제 그랬냐는 듯 씻은 듯이 사라져 버렸다.

다시 정적이 감도는 마샬 국왕의 처소. 그때, 마샬 국왕이 사라지고 약간의 시간이 지나서 다시 눈부시게 밝은 빛이 터져 나오며 그 빛 속에서 한 인물이 튀어나왔다. 바로 알프레드 슐리펜이었다.

그는 빛 속에서 나오자마자 사방을 휘둘러보았다. 그러다 잔뜩 인상을 찌푸렸다.

"쯧, 또 놓쳤군. 분명 상당한 양의 어둠의 마나였는데 말이야."

그러면서 또다시 사방을 둘러보는 알프레드 슐리펜.

"제약만 아니었다면 어림도 없을 일이거늘. 어쨌든 무언가를 획책하고 있는 자가 마샬 국왕임에는 틀림없군."

어렵지 않은 예측이었다. 이곳은 바로 마샬 국왕의 침소이다. 그에 알프레드 슐리펜은 마샬 국왕의 처소를 신중하게 훑어보았다. 혹시라도 어딘가로 통하는 비밀 통로나 공간이 있는가를 확인하는 것이다.

하나 이내 고개를 저을 수밖에 없었다.

"아예 공간을 차단했군. 그렇다는 것은 만만치 않은 능력을 지니고 있음인데. 허어~ 이거 답답하군. 어찌해야 할까?"

그의 고민은 깊어질 수밖에 없었다. 자신의 임무는 중간계를 조율하는 것이다.

자신이 본래의 모습을 드러낸다면 아직 초기 단계인 흑마법사들을 어렵지 않게 처단할 수 있을 것이다. 아무리 인간이 7서클의 흑마법사가 된다 할지라도 감히 드래곤을 상대할 수 없었다.

하지만 자신은 용언으로 약속했다. 그가 스스로 도움을 요청하기 전까지는 나서지 않기로 말이다. 그리고 실제 그는 착실하게 흑마법 세력을 줄여나가고 있었다.

물론, 그 이외에도 중간계의 조율자로서 중간계 외의 존재가 현신했을 경우 즉, 마족의 현신이라든가 하는 일이 일어나지 않는 한 관조할 수밖에 없었다.

그러하기에 흑마법사를 색출해내는 데에는 상당한 시간이 소요되고 있었다.

　"어찌 되었든 약속은 약속. 텔레포트."

　빛이 터져 나오며 슐리펜의 신형이 국왕의 침소에서 사라졌다. 적막이 감돌았다.

『워리어』12권에 계속…

# 초대형 24시 만화방

신간 100%, 샤워실, 흡연실, 수면실(침대석), 커플석, 세탁기 완비

## ▪ 일산 정발산역점 ▪

라페스타 E동 건너편 먹자골목 내 객잔건물 5층
031) 914-1957

## ▪ 강북 노원역점 ▪

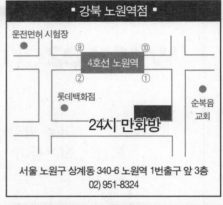

서울 노원구 상계동 340-6 노원역 1번출구 앞 3층
02) 951-8324

## ▪ 부천 역곡역점 ▪

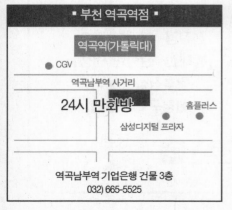

역곡남부역 기업은행 건물 3층
032) 665-5525

## ▪ 부평역점 ▪

구, 진선미 예식장 뒤 보스나이트 건물 10층
032) 522-2871

무경 新무협 판타지 소설

FANTASTIC ORIENTAL HEROES

暗帝歸還錄

암제귀환록

마흔에 이르기도 전에 얻은 위명.
암제(暗帝).

무림맹의 충실한 칼날이었던 사내.
그가 무림맹 최후의 날에
모든 것을 후회하며 무릎을 꿇었다.

"만약 그때로 돌아갈 수 있다면……."

사내의 눈이 형용할 수 없는 빛을 토했다.

"혈교는 밤을 두려워하게 될 것이다!"

Book Publishing CHUNGEORAM

유행이 아닌 자유추구 ·
WWW. chungeoram.com

네르가시아 장편 소설
FUSION FANTASTIC STORY

THE MODERN
MAGICAL
SCHOLAR

현대
마도학자

나르서스 제국의 전쟁영웅이자
마나코어를 개발한 천재 마도학자 카미엘!

그러나 제국의 부흥을 위한 재물이 되어
숙청당하는데…….

『현대 마도학자』

죽음 끝에 주어진 또 다른 삶.
그러나 그에게 남겨진 것은 작은 고물상이 전부였다.

더 이상의 밑은 없다!
마도학자의 현대 성공기가 시작된다!

즐거운
인생

미더라 장편 소설
FUSION FANTASTIC STORY
A Bittersweet Life

삶의 의욕을 모두 잃은 주혁.
어느 날 녹이 슨 금속 상자를 얻는데……

"분명 어제도 3월 6일이었는데?"

동전을 넣고 당기면 나온 숫자만큼 하루가 반복된다!

포기했던 배우의 꿈을 향해 다시금 시작된 발돋움.
눈앞에 펼쳐진 새로운 미래.

과연 그는 목표를 이루고
인생을 바꿀 수 있을 것인가!

Book Publishing CHUNGEORAM

박선우 장편 소설
FUSION FANTASTIC STORY

PERFECT GAME
퍼펙트 게임

고통과 좌절의 시간들을 뛰어넘어
불사조처럼 일어나 세계를 제패한 사나이의 일대기.

대한민국을 넘어 메이저리그를 평정하며
명예의 전당에 헌정된 언터처블 투수, 이강찬.

강철 같은 어깨에서 뿜어져 나오는 그의 패스트볼은
무적이었으며 야구계에 길이 남을 신화였다.

야구만을 사랑했던 고독한 사나이.
그의 퍼펙트게임이 이제 시작된다!

Book Publishing CHUNGEORAM

유행이 아닌 자유추구 -
WWW.chungeoram.com

가프 장편 소설

# 관상왕의
# 1번룸

FUSION FANTASTIC STORY

거대한 도시의 그늘에서 벌어지는
짜릿하고 통쾌한 이야기!

『관상왕의 1번룸』

텐프로의 진상 처리 담당, 홍 부장.
절망적인 삶의 끝에서 만난 남국의 바다는
그를 새로운 인생으로 인도하는데……

쾌락을 원하는 거부, 성공에 목마른 사업가,
그리고 실패로 절망한 사람들이여.

**여기, 관상왕의 1번룸으로 오라!**

Book Publishing CHUNGEORAM

유행이 아닌 자유추구 -
**WWW.chungeoram.com**

현대 소환술사

THE MODERN SUMMONER

FUSION FANTASTIC STORY

현윤 퓨전 판타지 소설

하늘이 무너져도 솟아날 구멍은 있다!

드래곤의 실험으로 모진 고난을 겪어야 했던 레비로스!
우여곡절 끝에 소환술사가 되어 최강의 자리에 오르지만
운명은 그를 나락으로 떨어뜨린다.

『현대 소환술사』

다시 한 번 주어진 삶!
그러나 그마저도 암울하기 그지없는데……

소환술사 레비로스의
인생 역전이 시작된다!

Book Publishing CHUNGEORAM